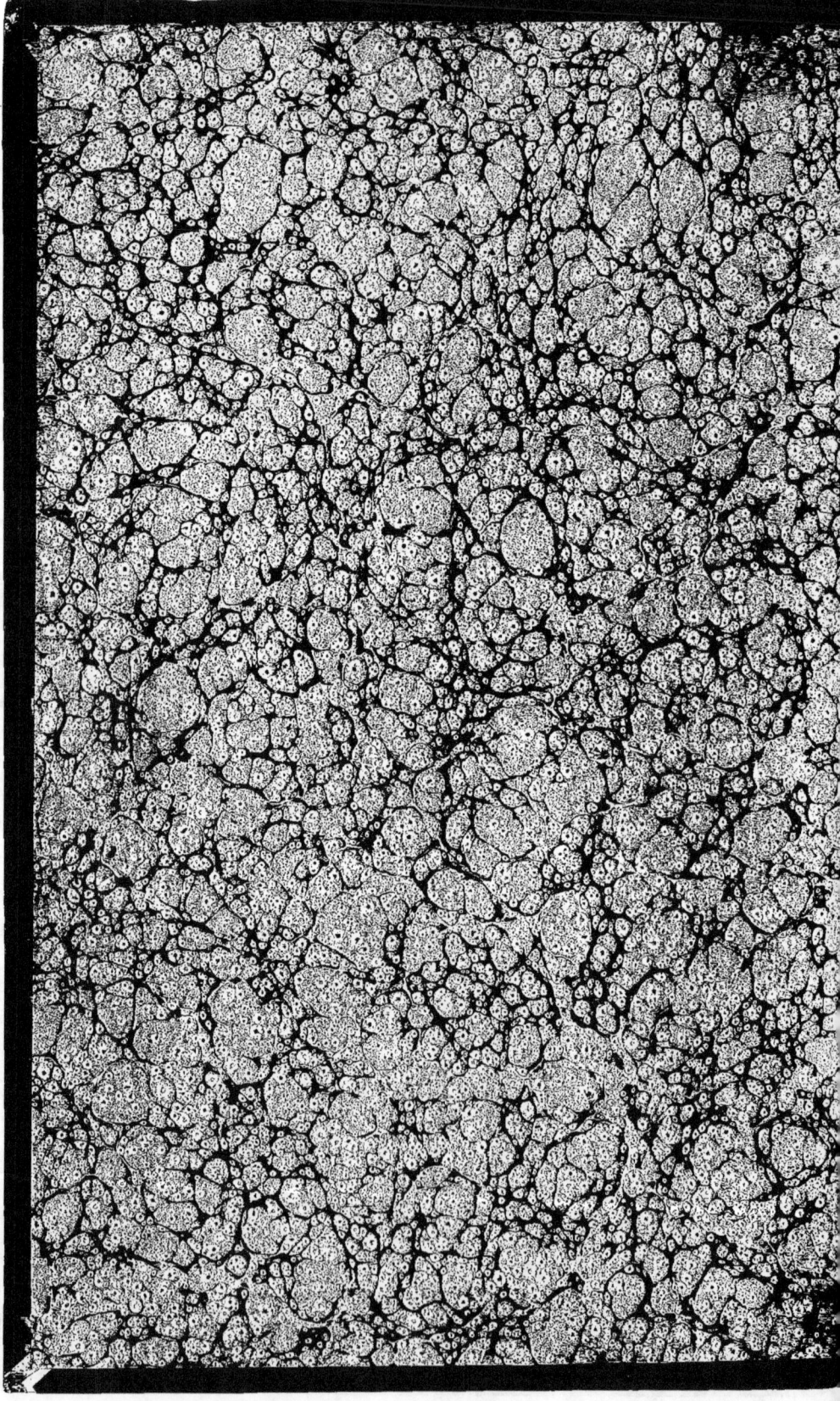

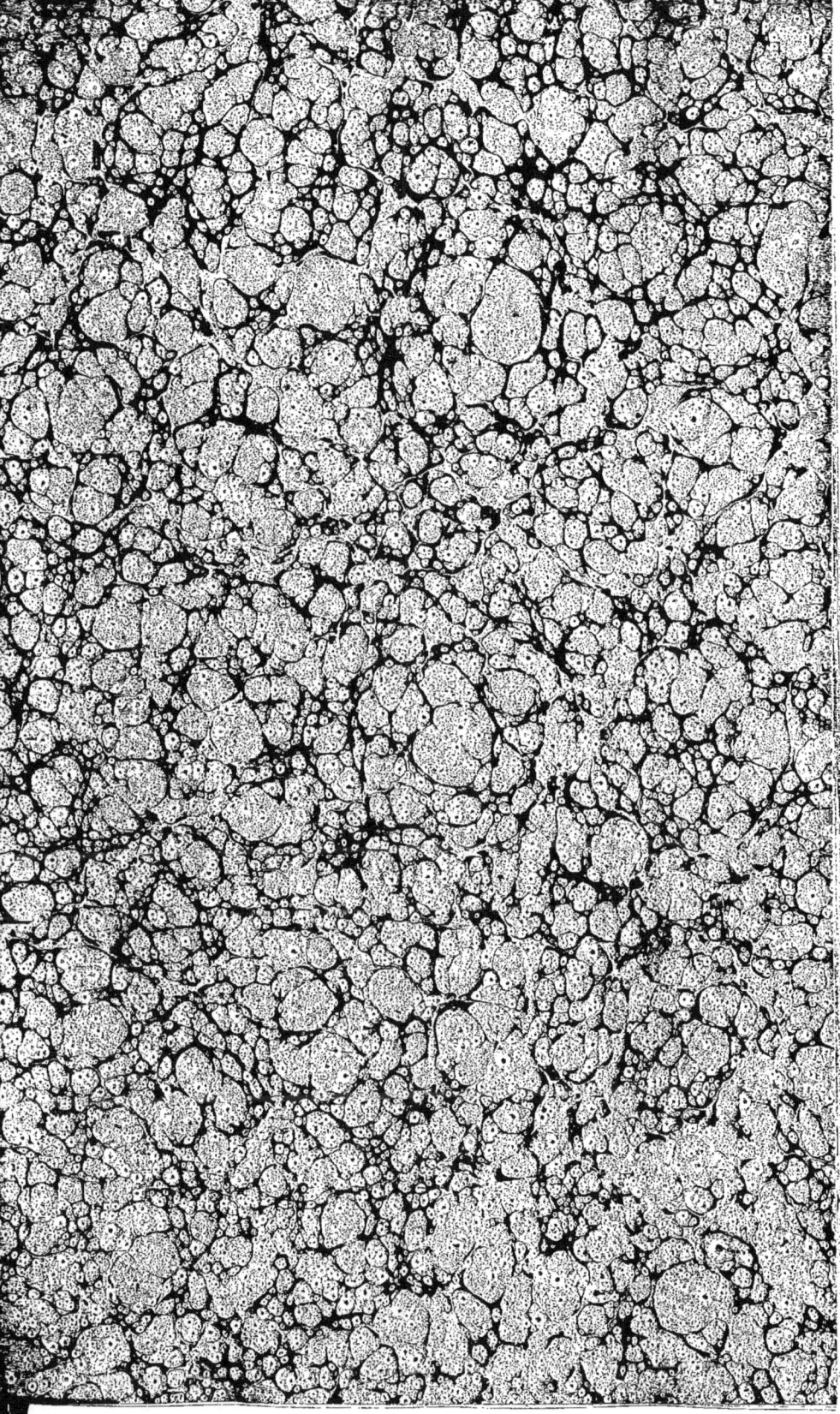

CONSIDÉRATIONS.

Sous Presse:

DISCOURS SUR L'HARMONIE DES ÉTUDES BOTA-
NIQUES, AVEC LE CARACTÈRE DES FEMMES,

Par

Joseph BARD.

TYPOGRAPHIE DE FIRMIN DIDOT,
IMPRIMEUR DU ROI ET DE L'INSTITUT, RUE JACOB, N° 24.

Considérations

Pour servir à l'Histoire

DU DÉVELOPPEMENT

Moral et Littéraire

DES NATIONS,

Par

JOSEPH BARD,

(DE LA CÔTE-D'OR),

MEMBRE DE LA SOCIÉTÉ ROYALE ACADÉMIQUE DE PARIS (CLASSE DES BELLES-
LETTRES), ASSOCIÉ DE L'ACADÉMIE DE VAUCLUSE ET DE PLUSIEURS
AUTRES ACADÉMIES.

« Le sort des nations, comme une mer profonde,
« A ses écueils cachés et ses gouffres mouvans :
« Aveugle qui ne voit, dans les destins du monde,
« Que le combat des flots, sous la lutte des vents! »
(VICTOR HUGO, Ode III.)

Paris,

N. PICHARD, QUAI DE CONTI, PRÈS LA MONNOIE.

CH. GOSSELIN, LIBRAIRE DE S. A. R. MONSEIGNEUR LE DUC

DE BORDEAUX, RUE SAINT-GERMAIN-DES-PRÉS.

MDCCCXXVI.

A MON PÈRE,

Le Docteur Bard,

DE BEAUNE,

Correspondant de l'Académie royale de Médecine.

Je n'ai jamais séparé dans ma pensée, les mœurs et la littérature. Vous m'avez vu, essayant d'embrasser ces nuances d'abord vagues et indéterminées qu'elles impriment, à la longue, dans le cours des âges. Mes études se dirigeoient, avec plaisir, vers ces considérations dont j'avois, peut-être, mal jugé l'étendue : heureux efforts de l'esprit qui ne fixent pas toujours sa mobilité, douces contemplations qui ne calment pas toujours les orages de la jeunesse!

Puisse, cette esquisse d'Ouvrage m'apporter, sinon la renommée, du moins, les encouragements des hommes forts de sagesse et de vertu! Quel que soit le sort de ma production, je vous la consacre tout entière.

Paris, IX Janvier MDCCCXXVI.

Joseph Bard.

Ayant passé, en province, une partie de l'année qui vient de s'écouler, l'auteur, en essayant de rattacher quelques caractères généraux au développement moral et littéraire des nations, n'avoit, d'abord, eu d'autre but, que celui de charmer, par des études sérieuses, des loisirs pleins de sérénité. Il n'avoit pas songé à soumettre à l'attention publique, ces éléments épars d'un grand travail ; mais décidé à recevoir avec calme les leçons sévères de la critique, il poussera assez loin le sentiment de ses foibles moyens, pour rendre grâces à l'Aristarque judicieux qui, dans un langage convenable, lui aura montré quels sont les sentiers à suivre et les écueils à éviter, lorsqu'on aborde un pareil sujet.

L'AUTEUR.

AVANT-PROPOS.

Nous ne vivons plus à cette époque fleurie où le champ de l'imagination s'offroit encore, brillant de fécondité, aux incursions de l'esprit. Toutes les grandes voies du génie ont été battues par d'illustres précurseurs; et nous, légataires infortunés d'un âge accablant, nous ne pouvons plus que mesurer, de loin, l'empreinte de nos maîtres et rendre hommage à leur gloire. Tous les genres où s'exercent les facultés humaines nous présentent des modèles inimitables. Molière, après avoir saisi les couleurs primitives du ridicule, n'a guère laissé à ses successeurs, que des nuances fugitives à apprécier, des intrigues sans intérêt, ou des mystifications puériles à produire sur la scène. Racine n'a formé qu'un élève, quelquefois digne de sa lyre, trop souvent indigne de sa morale (1). La chaire évangélique n'a plus d'organes dont elle puisse proclamer l'immortalité, parce que Bourdaloue et Massillon l'occupent encore de leurs pensées (2). L'orateur qui s'aviseroit de

---

(1) Voltaire, qui lui-même, n'a formé aucun élève de son talent.

(2) Pour bien entendre notre pensée, il faut se rappeler que nous ne parlons ici que de l'invention. Certes, la France peut encore s'enorgueillir d'un grand nombre de prédicateurs distingués. Les Boulogne *, les Frayssi-

* Quand nous écrivions cet avant-propos, au commencement de 1824, M. de Boulogne vivoit encore.

louer, dans la solennité de leurs pompes
funèbres, un capitaine aussi fier dans ses
revers, que magnanime dans ses triomphes.
une princesse enlevée, dès le printemps de
sa vie, à l'atmosphère enivrante des cours,
ne pourroit guère offrir à l'attention de

---

nous, les Quélen, les Feutrier, les Rauzan, les Druilhet,
méritent autant l'admiration des peuples par les charmes
ou la vigueur de leur éloquence, qu'ils commandent la
vénération par la pureté de leur cœur ; mais toutes les
grandes applications, tous les grands développements de
la morale évangélique ont été saisis par leurs devanciers,
et il faudroit, pour ainsi dire, de nouveaux dogmes, pour
exercer le génie contemporain.

Tous les genres d'éloquence ne sont pas absolument
tombés dans la stérilité. Le barreau françois compte encore des orateurs qui joignent la connoissance approfondie des lois, aux grâces les plus brillantes de l'élocution.
Ce n'est plus cette éloquence *intérieure* qui retentissoit
jadis dans le parlement de Paris ; mais, que de pensées
généreuses sont encore sorties, de nos jours, de la
bouche des Desèze, des Dambray, des Marchangy et des
Bellart ! Il est encore une nouvelle lice ouverte aux ora-

son auditoire, que des mouvements em-
pruntés au vol de Bossuet; en un mot,
toutes les branches de la littérature sont
frappées d'épuisement, depuis le dernier
soupir du siècle de Louis XIV, et cependant, la curiosité et l'empressement du

---

teurs du dix-neuvième siècle. De cette tribune politique
que nous devons à la force de nos institutions et à la
sagesse d'un monarque éclairé, se sont fait entendre,
quelquefois, des discours qui sembleroient appartenir à
une autre époque, si l'impertinence et l'exaltation de la
nôtre n'en souilloient trop souvent le caractère. Notre
chambre *des communes*, il faut bien l'avouer, n'a pas
toujours gardé sa dignité, malgré le noble exemple de la
chambre-haute.

L'éloquence académique, si froide par elle-même,
peut s'honorer aussi d'un orateur qui, bien jeune encore, a révélé tout son talent, et qui, de palmes en
palmes, est arrivé jusqu'au sénat des lettres françoises.
Depuis Bossuet et Fléchier, je ne connois qu'un exorde
sublime; je le mets, sans hésiter, en parallèle avec celui
de l'oraison funèbre de Turenne, par ce dernier orateur :
c'est l'exorde de l'*Éloge de Montesquieu*, par Villemain.

nôtre se sont augmentés à proportion de
sa stérilité.

C'est un état bien déplorable, que celui
d'une nation vieillie qui, chaque jour, voit
éclore dans son sein mille productions far-
dées (1), dont elle aime à se dissimuler la

---

(1) Il seroit injuste, cependant, de flétrir un grand
nombre d'ouvrages aimables, de productions gracieuses,
que le goût dominant et dépravé du dix-neuvième siècle
est, d'ailleurs, toujours prêt à absoudre de notre ana-
thème.

L'histoire, cette institutrice éternelle des nations, qui
tient aux sciences par l'érudition première qui fait sa
base, et à la philosophie, par l'impartialité et la pénétration de jugement qu'elle exige dans ses organes, et qui
n'est plus, à proprement parler, du domaine de l'imagination, puisqu'un peuple déjà vieilli, peut encore
avoir un historien qui, comme Tacite, écrive avec autorité ses Annales : eh bien ! l'histoire a trouvé, en France,
un interprète qui allie, peut-être, la profondeur de Thucydide, à l'élégance de l'*Abeille attique*. C'est M. Lacre-
telle jeune. Il seroit, sans doute, à regretter, que cet illustre écrivain ne se chargeât pas d'une histoire de

foiblesse, et qui s'imagine racheter sa langueur intellectuelle, par l'affectation et la suffisance. Nous tirerons de notre propre exemple, un argument sans réplique, en faveur de cette fièvre de l'âge présent. Quelle mission avons-nous reçue pour instruire les hommes ? Notre front est-il sillonné par de longs travaux, avons-nous consacré aux recherches pénibles de l'histoire, aux méditations profondes de la retraite, cette période de force et d'activité

France complète : elle contre-balanceroit victorieusement les avantages que peuvent offrir à une classe de lecteurs, certaines annales où tout est crime dans notre gloire, avant la *Régénération de* 1793.

C'est un art bien facile que celui de la critique collective ! Il est bien plus aisé de proclamer la déchéance des lettres, que de produire une méditation pareille au *Lac* de M. Alphonse de Lamartine, un épisode du *Génie du Christianisme*. Eh quoi ! ne sommes-nous pas suffisamment défrayés de notre appauvrissement littéraire ? Quel-

la plus propre, sans doute, aux regards du
génie, avons-nous, même, obtenu ces encouragements flatteurs, ces antécédents
heureux qui éveillent le *moi-pensant*, et
donnent à l'ami des lettres le sentiment de
ses forces? Non, à peine arrivé à cette saison de la vie où l'on commence à apprendre et à réfléchir, à apercevoir, au-delà des
illusions de la jeunesse, les tristes vérités
de l'existence; n'ayant d'autres gages de
noviciat dans la culture des arts soumis à

---

ques esprits à *courte-vue* n'ont aperçu dans le style de
M. de Châteaubriand, que des arrangements de mots
sonores, des combinaisons de phrases ambitieuses : si le
rigorisme plus ambitieux encore des rhéteurs doit quelques petits reproches au pélerin de Jérusalem, au chantre
des MARTYRS, nous nous empressons de déclarer notre in-
compétence en cette matière. Le style de M. de Châteaubriand ressort de ses pensées; il est brûlant de verve et
d'originalité. La source d'un pareil style, c'est le génie.

l'âme, que quelques essais poétiques qui attendent encore la sanction de la maturité; nous avons voulu céder à la pente générale des esprits, et payer au goût de nos contemporains, un tribut que, peut-être, il désavouera.

Nous n'avons point aspiré à cet empire de la pensée qui traverse les siècles, planant sur toutes les passions, retrouvant le cœur humain dans tous les langages, se plaçant entre Babylone et Memphis, entre Athènes et Rome, jugeant les unes par les autres, les littératures et les générations, approfondissant tous les caractères qui signalent le développement, l'apogée et la dégradation de l'intelligence. Une pareille tentative deviendra, sans doute, un jour, l'objet de nos efforts; mais, aujourd'hui, elle nous auroit accablé de son poids. Nous n'exposerons jamais notre sentiment

qu'avec réserve, ou en l'appuyant d'auto-
rités imposantes; nous indiquerons scru-
puleusement les sources où nous aurons
puisé quelques idées, quelques faits historiques; et nous croirons avoir atteint notre
but, si nous avons réussi à montrer à une
nation inquiète et légère, que la vertu est la
fin des lettres, que l'éloquence et les dons de
l'esprit sont des prérogatives dangereuses, si
elles n'embellissent la cause sacrée de la morale et n'élèvent l'homme à la conscience de
sa dignité, et à la pratique de ses devoirs.

De quelque qualification qu'on taxe nos
jugements sur les hommes et sur les choses;
qu'on y voie, ou la suffisance qui prononce
sans connoître, ou la légèreté qui décide
sans examen, ou le fanatisme qui admire
avec passion et dénigre avec emportement,
ou le calcul qui se rend tributaire des opinions du jour, ou enfin, l'ignorance altière

qui invoque toutes les sources, revêt toutes les formes, pour improviser l'érudition
et jouer la profondeur; nous n'en garde-
rons pas moins l'attitude qui convient à
l'indépendance personnelle; et cette indépendance qui permet l'expansion morale,
vaut bien, et les encouragements frénétiques des partis, et les dons fugitifs de
l'opulence, et les faveurs périlleuses des
cours. Oui, les principes que nous signa-
lons comme éternels dans l'ordre du bonheur, sont ceux auxquels se rapporteront
toujours nos vœux et notre amour. Aujour-
d'hui qu'ils triomphent, nous les procla-
mons avec force; demain, nous nous ar-
merions pour leur défense, s'ils étoient, de
nouveau, voués à la proscription. Isolé de
toutes les sectes, ennemi de tous les systèmes, nous savons que tous les rangs of-
frent, d'une part, les déguisements de

l'ambition, de l'autre, l'expression généreuse du patriotisme et de la loyauté. Nous
appartenons à cette grande famille de François, qui, se refusant, à la fois, à ramper
dans la dégradation et à imposer l'esclavage, voudroient voir le bonheur civil des
individus désormais inséparable de la dignité politique des nations (1). Notre philosophie est de tous les temps ; elle devient
la morale de tous les peuples qui, placés
sous la vigilance d'un monarque protecteur, ne relèveront que de la prévoyance
des lois humaines et de la sagesse des lois
divines.

*Nous sommes dans un règne de justice et
de vérité* (2). Tous les hommages sont con-

---

(1) Dans tout ce qu'on écrit aujourd'hui, il faut une
profession de foi politique ; nous la faisons d'autant
plus volontiers, que la liberté plane sur toutes les pensées.

(2) Paroles de M. le baron Dupuytren. (Discours pro-

fondus, toutes les haines sont éteintes.
Charles X sait mieux qu'aucune tête couronnée, peut-être, quels sujets il faudroit percer d'un glaive, avant d'arriver à lui : il les
distingue dans son cœur, et il saura répon-
dre aux intrigants qui l'assourdiront de
leurs clameurs : « Avez-vous du sang pour
« la patrie, des larmes pour le malheur,
« des forces intellectuelles pour les fonc-
« tions de l'État? »

Jetons d'abord un coup-d'œil général sur
le développement moral et littéraire des
peuples. Voyons, ensuite, comment les hommes se sont réunis en sociétés, comment ces
sociétés ont formé des nations. Indiquons
quelles sont les grandes époques auxquelles

---

noncé, au nom de l'Académie royale de Médecine, en
présence de S. M. Charles X, lors de son avènement au
trône.)

viennent se rallier les plus beaux triomphes
de la pensée, les périodes diverses que les
peuples ont parcourues, avant d'arriver à
ce terme mémorable; quels ont été les
conditions, les caractères, les résultats de ce
développement. Comparons les progrès des
masses avec ceux des individus. Enfin, présentant l'Europe moderne comme une vaste
république scientifique et littéraire, mon-
trons quelles sont les garanties de sa conservation et les bases les plus solides de son
inviolabilité. Nous avons suivi une méthode
simple pour la division des chapitres : quelques mots en indiquent tout le contenu (1),
et l'attention du lecteur n'est pas fatiguée
par l'absence de cette régularité, de cette
unité de discours incompatibles avec la

_____

(1) Cette manière de décrire et de diviser est celle de
la plupart des écrivains anglois.

trempe de notre esprit, et peut-être même, avec la nature du sujet tel que nous l'avons envisagé.

Nous laissons à une intelligence plus exercée que la nôtre, le soin de dominer toutes les connoissances humaines, d'en saisir tous les liens, toutes les progressions, de suivre, à travers de longs siècles d'ignorance et de ténèbres, les fils les plus imperceptibles qui unissent les anneaux de cette grande chaîne : un pareil travail, nous le répétons, seroit de beaucoup au-dessus de nos forces ; il y auroit eu, de notre part, de la présomption à le concevoir, et de la témérité à l'entreprendre.

CONSIDÉRATIONS.

« Ce n'est qu'en perfectionnant leur raison ,
que les peuples peuvent se flatter de per-
fectionner leur religion , leurs lois , leur
gouvernement. »

(David HUME , *Hist. d'Angleterre* ,
traduction de Mme Bélot.)

Considérations

POUR SERVIR

A L'HISTOIRE DU DEVELOPPEMENT
Moral et Littéraire des Nations.

CHAPITRE PREMIER.

Idée générale de ce développement.

L'ESPRIT humain laisse, à de longs inter-valles, des traces profondes de son empire; mais ces âges fortunés auxquels la postérité reconnoissante attache, ou le nom des hommes

célèbres qui les ont enrichis de leurs veilles,
ou le nom de l'homme puissant qui a fait
jaillir, de tous les points de sa patrie, des
sources de prospérité et de gloire, n'apparois-
sent pas, à la manière des météores que nous
voyons, soudain, suspendus à la voûte des
cieux. Semblables au léthargique qui signale
son retour à la vie des sens externes, par de
fréquentes alternatives de force et d'abatte-
ment, de calme et d'agitation, les peuples
avoient été en proie à de longues convulsions,
ils avoient fatigué de pénibles efforts une
mer long-temps orageuse et rebelle, avant
d'aborder au port de la raison, et de pouvoir
ouvrir leurs yeux tout entiers à sa consolante
lumière. Souvent, il ne fallut rien moins,
pour amener de grandes révolutions morales,
que le choc des passions, le déchirement des
états, ou la férocité des vainqueurs; quelquefois, aussi, on vit l'influence heureuse du
génie se mêler aux habitudes des sociétés,

pour les étendre ou les adoucir, comme un
fleuve bienfaisant qui, sans renverser avec
fracas les obstacles qui s'opposent à son
cours, s'approche lentement d'une terre des-
séchée par les ardeurs du soleil, pour la fé-
conder de ses eaux.

Depuis long-temps, fatigué des crimes qu'on
lui faisoit commettre, et de représailles atroces,
un peuple qui n'estimoit que la force corporelle semble ressentir les premiers élans d'une
intelligence vague et chancelante. Bientôt, ces
élans se communiquent de proche en proche.
Une ère nouvelle se prépare dans un coin de
la terre encore souillé par l'ignorance. La
pensée long-temps captive veut enfin briser
ses fers. En vain, quelques chefs audacieux s'ef-
forceroient de comprimer l'essor de ce besoin
moral, chez des esclaves, dont un despotisme
brutal aimeroit tant à perpétuer la servitude.

Le plus souvent, épars dans l'obscurité des
forêts et sur les flancs sauvages des monta-

gnes, pour disputer aux bêtes fauves une nour-
riture arrosée de leur sang, ou réunis, pour
donner à leurs semblables une mort plus as-
surée, des hommes entrevoient une destination
plus noble et osent croire à un avenir plus
fortuné. « Quoi! disent-ils, dans un mouvement de douleur et d'espérance, orphelins dé-
laissés d'une mère dont on nous arrache les
bienfaits, obéirons-nous toujours à la crainte ?
La clarté du jour n'arrivera-t-elle jamais à nos
paupières, qu'obscurcie des larmes de l'oppression ou des sueurs de la vengeance? Instruments ou victimes de passions brûlantes ,
jusques à quand serons-nous le jouet des vainqueurs, ou la terreur des vaincus? Jusques à
quand ressemblerons-nous à ces torrents écu-
meux qui languissent sous les rocs, ou portent
dans la plaine le tumulte et l'effroi ? Quoi!
l'humanité féroce doit-elle sans cesse dévorer
l'humanité ?»

Le foible s'unit au foible ; le fort les pro-

tége de ses bras en les secondant de ses premiers efforts moraux; ils sentent tous le besoin d'établir, entre eux, des rapports où ne
présideront plus la défiance et la mauvaise
foi, de s'éclairer sur des intérêts d'un ordre
supérieur qui appartiennent à la grande famille
humaine. Les voilà, ces tribus naguère flétries
par l'ignorance et la grossièreté natives, vouées
au carnage d'un chasseur qui s'est arrogé le
droit de les acheter ou de les vendre, à la fortune d'un combat; les voilà qu'elles rencontrent
dans le fond de leurs âmes quelque chose qui
leur promet le bonheur! Avec quelle ardeur
elles échauffent ce sentiment encore obscur qui
doit, bientôt, surgir pour leur gloire! avec quel
enthousiasme elles devinent leur émancipation
prochaine! Tel, un enfant du malheur, jeté,
des langes du berceau, dans la nuit d'un cachot,
s'il aperçoit, par une fente des noires mu-
railles, un rayon furtif de lumière, préjuge déjà
la clarté du jour, agrandit l'ouverture qui

lui révèle une autre existence, et se donne la liberté.

Déjà les mœurs s'épurent, et dépouillent peu-à-peu cette violence ou cette bassesse qui en faisoient tour-à-tour le caractère. La soif de connoître s'est emparée de tous les esprits : on fouille avec avidité dans les annales des nations éteintes, pour savoir quelles furent leurs lois, leurs habitudes, leur religion. Les exercices pénibles du corps sont abandonnés sans retour à la masse incapable de s'élever aux méditations de la pensée.

Des philosophes voués à la retraite et à des élucubrations savantes, ont indiqué les routes du bon-sens et du goût : leur société est devenue une école précieuse où chacun recueille, avec extase, les leçons d'une morale pleine de douceur et de bienveillance. De là, ces bienfaits d'une éducation sage et vigoureuse, ces premiers travaux, avant-coureurs de productions plus vastes dans leur en-

semble et mieux combinées dans leurs détails,
ce mouvement général vers tout ce qu'il y a
d'utile et de profitable aux hommes, cette impulsion donnée à tous les sentiments généreux, ces encouragements décernés à la jeunesse, ces palmes accordées aux prémices de
l'imagination, ces inspirations sublimes, conçues et élaborées au milieu du long enfante-
ment d'un siècle mémorable; de là, enfin, ce
règne du génie destiné à léguer à une descendance, trop souvent indigne d'un semblable
héritage, le magnifique tableau d'une civilisation tempérée par la sévérité des principes et
l'austérité des mœurs, et embellie de tous les
chefs-d'œuvre de l'industrie et des arts.

Heureuse, trois fois heureuse, la nation témoin de son plus beau triomphe sur l'ignorance et l'asservissement de la pensée! Heureux
aussi l'homme immortel qui, par le vœu de ses
concitoyens, ou par les droits de sa naissance,
appelé à leur dicter des lois, a su méditer

dans sa sagesse, et accomplir par la force de
son caractère, le grand œuvre de leur régénération! Le ciel enchanté de la Grèce vit naître
une époque que Périclès dota de son nom et
de sa munificence. Rome dut ses plus beaux
titres d'orgueil à la sollicitude éclairée d'un
Auguste. Bagdad devint le centre de la politesse et des beaux-arts sous la domination des
Haroun-al-Raschild et des Almanou. Plus tard,
Florence devoit avoir ses Cosme, ses Laurent et
ses Pierre de Médicis (1), noble lignée à laquelle

------

(1) Cosme de Médicis étoit un simple citoyen de Florence qui, après avoir gagné, dans le commerce, une
fortune considérable, ne l'employa qu'à des bienfaits et
à appeler à Florence les savants grecs chassés de Con-
stantinople. Les fils de ce grand-homme furent assassinés,
comme l'avoient été ceux de Pisistrate par Harmodius et
Aristogiton.

Sixte IV ne craignit pas d'excommunier les Florentins,
pour avoir puni la conspiration.

Laurent de Médicis fut, à la fois, le père du commerce
et celui des muses.

appartenoit, aussi, ce Léon X (1), qui entoura la chaire de Saint-Pierre de toutes les pompes du génie ! Enfin, c'est à l'ombre tutélaire du trône de Louis-le-Grand, de son amour sans bornes pour l'honneur et la gloire de la France, que cette antique patrie du courage et de la loyauté parvint à planer sur toutes les voies de l'illustration intellectuelle. Mais, suivons pas à pas l'état moral et littéraire des peuples, en général, depuis son aurore, jusqu'à sa décadence,

---

« Laurent, dit Voltaire, vendoit d'une main les denrées du Levant, de l'autre, il soutenoit le fardeau de la république, entretenoit des facteurs, recevoit des ambassadeurs, cultivoit les belles-lettres, etc. » (Voy. Voltaire, en son *Essai sur les mœurs*.)

— See : Roscœ's life of Lorenzo de' Medici called *the magnificent*, comprising some account of the political state of Italy and the rise of letters and of arts in Europe, in the fifteenth century.

(1) Jean de Médicis, arrière-petit-fils de Cosme, frère de Pierre de Médicis, joignoit à l'amour des lettres, une urbanité pleine de franchise et de bienveillance.

après avoir démontré que la vie sociale et, par suite, la vie de la raison et de la pensée sont la fin de l'humanité sur la terre.

CHAPITRE II.

L'état de société est-il dans la nature?

Mean tho' i am, not wholly so,
Since quicken'd by thy breath!

Je suis vil, il est vrai; mais ton
souffle m'anime!
(*Pope's universal prayer.*)

« L'homme, a-t-on dit, n'est sorti du néant, que pour aspirer au néant. Voué avec tous les êtres qui respirent, à cette triste destination, il doit, comme les fauves, passer

3.

ses jours au milieu des forêts, n'attendre sa subsistance que de rapines ensanglantées, ne lier
avec ses semblables, d'autres rapports, que
ceux de la violence et de la férocité, pour
remplir le vœu de la création. »

Les champions de cette singulière hypo-
thèse n'ont manqué ni d'éloquence pour la
colorer, ni de paradoxes pour la soutenir.
Persuadés que la vie morale s'exerce presque
toujours au détriment de la vie des organes,
que les travaux de la pensée, les soucis de
l'ambition, les commodités du luxe, les con-
ventions du pacte social nous éloignent sans
cesse du type primitif de notre existence, ils
nous ont tracé un tableau effrayant des calamités qui assiègent la civilisation.

Un homme s'est rencontré, sans patrie parmi les hommes, qui traîna dans l'orgueil et
la mélancolie, les malheurs de sa proscription.
Doué d'une imagination vive et déréglée, d'un
cœur profondément empreint de cette sensi-

bilité vague et inquiète qui ne s'applique à
rien d'usuel sur la terre, d'un esprit également
habile à détruire ou à relever, tour à
tour, le pouvoir d'une proposition , singulier
assemblage de cynisme et d'austérité, de bienveillance et de jalousie, Rousseau disserta sur
les droits du citoyen, sans jamais en connoître les devoirs. Il crut(1) avoir à se plaindre
de la société où sa naissance l'avoit placé si bas:

---

(1) Lorsqu'on examine avec quelque portée de vue
les opinions humaines, on les voit, presque toujours , si
étroitement liées à la condition respective des individus,
qu'on seroit tenté de croire que la bonne-foi ne se
trouve dans aucune des sectes; mais qu'elle appartient
exclusivement à ces hommes de justice et de sagesse
qui, étrangers aux passions des coteries, ne relèvent que
de leur amour pour le bien, et de la noblesse de leurs sentiments. De semblables philosophes s'inquiètent peu des
conflits d'orgueil qui s'élèvent autour d'eux ; ils n'inter-
rogent que leur conscience; ils ne veulent de rang que
celui qu'on leur assignera : leur supériorité, ils la tirent
d'un génie assez grand pour ne point s'alarmer de sa
source si elle se cache dans les bas étages de la société ,

on le vit, s'indigner de toutes les illustrations,
flétrir tous les honneurs, se défier de tous les
sentiments qui ne partoient point de lui-même.
La vanité du philosophe de Genève étoit telle,
que la protection même des grands du monde
l'eût humilié, et que les offres les plus généreuses lui eussent paru outrageantes. Un

---

et pour ne point s'en targuer avec insolence, si elle dé-
coule des illustrations historiques. Rousseau n'a jamais
connu la bonne-foi dans ses principes, par cela même
qu'il s'indignoit de sa naissance. Voltaire s'est montré
plus franc : il a sacrifié à la vanité. Le seigneur de Fer-
ney n'injurioit, parfois, que la haute aristocratie ; mais
il n'étoit pas fâché d'être tenu pour aristocrate par ses
inférieurs. Voltaire a bien mieux établi la supériorité de
fait de la noblesse, en s'efforçant de secouer le manteau
plébéien, que Rousseau ne l'a affoiblie, en montrant ses
trous, et en s'honorant, à regret, de ses lambeaux.

J'ai souvent réfléchi aux causes de la guerre éternelle qui existe entre les classes plébéiennes et les classes
patriciennes; mais il est aisé de voir que de pareilles
luttes deviendront interminables sous toutes les formes
de gouvernement; en effet, ce ne sont point les éléments

pareil homme devoit déclamer contre l'état
social. Mais, étoit-il bien raisonnable d'at-
tribuer à l'état social des vices que la dépravation et la méchanceté des individus ont,
seules, enfantés sur la terre? Essayons de pui-
ser, dans cette nature même que chacun défigure au gré de ses passions, quelques données
positives, à l'égard d'une question qui n'est

---

de la société qu'il faudroit changer, mais bien la nature
humaine tout entière. L'amour-propre est indigène de
toutes les castes; et je ne sais léquel est le plus entaché
de vanité, ou de ce financier qui, enrichi par des spéculations souvent frauduleuses, conspire contre l'illustration héréditaire, en même temps qu'il devient intrai-
table avec ses fermiers, joue, vis-à-vis de ses commis,
la dignité du gentilhomme, et assourdit tout le monde
de son luxe et de sa fortune, ou de l'homme titré qui,
toujours semblable à lui-même, a trouvé, dans sa famille, des exemples à suivre, dans sa caste, des rapports de politesse et d'éducation, et a évité, toute sa
vie, le contact des parvenus. Voilà un doute que le bon-
sens résoudra facilement.

devenue importante que par les sophismes de
ses interprètes.

Le monde visible présente, dans l'action des
substances les unes sur les autres, une réunion de causes et d'effets qui forment autant
de cercles obligés, dont la force d'excentricité
est, pour chaque être, et pour chaque portion
d'être, très-invariablement fixée. Ce sont-là
les types primitifs de l'univers; et partout, on les
voit entourés de tous les moyens de se conserver dans leur pureté originelle. Ainsi donc, si
l'affinité asservit toute la nature morte a des
lois immuables, ce principe sans cesse agissant
qu'on appelle vie, qu'on ne peut, sans les lumières d'en-haut, ni comprendre, ni définir,
et qui préside à la formation, comme au développement des végétaux et des animaux,
présente aussi son cadre absolu pour chaque
espèce.

Dans les animaux domestiques, par exemple, il y a un *maximum* d'amélioration phy-

sique au - delà duquel, l'espèce ne pouvant
plus gagner, demeure à-peu-près stationnaire,
tant que l'action des causes extérieures le permet, ou incline promptement vers la dégradation ; mais on ne lui voit qu'après plusieurs
générations, dépouiller les belles formes qu'elle
avoit acquises, et les perdre dans la même
proportion qui avoit marqué leur accroissement.

La race humaine, physiquement envisagée,
nous offre aussi les mêmes chances de perfectionnement et de dégénération. Conservée
d'autant plus pure, d'autant plus vigoureuse,
qu'elle est plus éloignée de l'état trop rapidement corrompu des sociétés ; c'est du séjour
des champs et des forêts, c'est du sein des
plus hautes montagnes, qu'on voit jaillir, sans
interruption, ces éléments nouveaux qui viennent réparer, chez elle, les effets pernicieux du
luxe et de la mollesse. L'échange journalier
qu'opèrent de fréquentes oscillations sociales,

entre les hommes des cités et ceux des campagnes, les migrations presque naturelles qui
se font, de certains climats, vers d'autres ré-
gions, le croisement nécessaire d'individus de
toute origine, retrempent continuellement l'espèce et concourent, en général, à la garantir
contre la tendance évidente qu'elle éprouve-
roit à dépouiller ses formes normales. C'est
de l'action simultanée de tant de causes, que
résulte cette sorte d'équilibre que la race des
hommes doit conserver, tant que subsisteront
les lois harmoniques du grand tout.

Ainsi (1), la matière organique est, comme la

---

(1) La plupart de ces considérations purement scientifiques, je les dois aux entretiens de mon père, médecin
profondément versé dans la science des phénomènes vi-
taux, et qui, mieux encore, nourrit dans son âme, cet
immatérialisme d'idées et de sentiments qui sanctionne,
élève et ennoblit les connoissances que donne la matière.

matière inerte, soumise à des règles éternelles, auxquelles elle doit son développement
et sa durée. Les divers groupes de chaque espèce peuvent perdre et acquérir en perfection ; mais ces transitions ne sont jamais assez
subites, pour que l'individu produit diffère éminemment de l'individu producteur. La nature
devoit agir ainsi, dans l'intérêt des races, elle
devoit les tenir à l'abri d'effets trop brusques,
de la part des choses extérieures, pour écar-
ter les nombreuses anomalies qui en eussent
été la suite.

Il n'en est pas de même de l'accroissement
moral des sujets. L'immense perfectibilité des
hommes, par le travail et la méditation, les
ressources incalculables qu'ils trouvent dans la
patience et dans l'industrie, tout devient indivi-
duel et ne laisse à la race, que les dispositions
innées qui la tiendront toujours si loin des
brutes.

C'est une éducation à refaire, à chaque gé-

nération. Le fils d'un homme de génie aban-
donné, dès l'âge le plus tendre, au milieu
de peuplades barbares, n'auroit d'autres notions que celles qu'il auroit reçues de ses penchants primitifs et du contact de la horde qui
seroit devenue sa patrie : et le fils d'un sauvage arraché, jeune encore, à l'horreur des
forêts, pourroit, dans le commerce des villes,
entouré des emblèmes de la civilisation, acquérir, et les formes séduisantes de la politesse, et les grâces de l'esprit, et la vigueur
de la pensée.

Dans l'homme physique, l'extrême perfection de son système nerveux, et par conséquent, de ses moyens de percevoir des sensations, celle de l'organe de la préhension, la
faculté d'articuler le son vocal, établissent une
démarcation tellement absolue, qu'un grand
nombre de physiologistes d'un esprit grossier
et mécanique, n'ont envisagé la prééminence
dont jouit l'espèce humaine sur le reste de la

nature vivante, que comme un résultat de sa
conformation organique. Les animaux pour offrir, parfois, dans quelques-uns de leurs sens,
des propriétés plus étendues qu'elles ne le sont
chez l'homme, sont bien éloignés de réunir
cette masse de facultés qui distingue le maître
de la terre.

L'homme immatériel laisse derrière lui, à
une distance incalculable, tout ce que l'animal présente de plus fin et de plus déli-
cat; et si, comme celui-ci, il offre des goûts,
des appétits, des mouvements instinctifs qui
se rapportent exclusivement à la conservation
de l'individu et de l'espèce, il peut s'élever,
par la pensée, jusque dans les espaces célestes.
Ses conceptions mille fois réfléchies sont susceptibles d'arriver, par une progression toujours croissante, jusques à ces merveilles de l'intelligence, à ces triomphes de la raison, sources
sublimes d'où dérivent plus éloquents, et les
dogmes du ciel, et la morale des peuples.

Les animaux sont, il est vrai, capables d'un premier degré de perfectionnement intellectuel ; mais il est hors de la nature et n'est dû qu'aux efforts de l'homme. Il ne peut être transmis , d'individu à individu , que par voie d'enseignement : et s'il existe , entre eux , un mode de transmissibilité de sensations et d'actions, il se rapporte, uniquement, à cette tendance très-prononcée qu'ils partagent avec l'homme lui-même, à une imitation, pour ainsi dire, passive.

L'homme, au contraire, ne rencontre, que dans lui-même et dans son espèce, les causes de son développement moral. L'heureuse conformation de ses organes et le rayon sublime de la Divinité qui les anime, établissent, chez lui, une disposition constante à percevoir, à s'approprier, à reproduire, sous mille formes et mille combinaisons nouvelles, toutes les sensations du dehors. Partout, on le voit marcher vers l'agrandissement de la pensée et lutter contre les nombreux obstacles qu'élèvent autour de lui, les climats, les éléments. Chez l'homme, les progrès de l'entendement sont dus à la fois, à lui-même, à son espèce, aux accidents de la nature extérieure; tandis que sa croissance physique ne lui vient que de l'espèce et des choses qui l'environnent.

Mais, les connoissances acquises par chaque individu devant, comme nous l'avons dit, s'éteindre avec lui, et ne pouvant se transmettre par la voie de la génération, à sa descendance, il étoit nécessaire que les hommes vécussent rapprochés, pour que les sciences et les arts naquissent et s'augmentassent par les travaux successifs des divers âges. S'ils eussent vécu isolés et épars en foibles groupes, sur la surface du globe, toute harmonie de tendance, toute simultanéité, toute combinaison d'efforts vers un même but, seroient devenues impossibles, et l'état moral du genre humain auroit été condamné à une enfance perpétuelle.

Nous voyons, au contraire, l'homme être
partout entraîné vers l'homme, non seulement
par une communauté de besoins tout matériels; mais encore, par l'attrait d'un bonheur
spéculatif qui crée pour son esprit un nouveau genre d'existence résultant des nombreux
moyens de communication exclusivement af-
fectés à son espèce. On la voit, cette existence
dont le créateur nous a imposé la nécessité,
s'exprimer, chez les peuplades les plus sauvages, dans un langage imparfait qu'une civilisation avancée doit traduire par des signes (1).

« Les animaux, dit un philosophe vertueux,
ne sentent que par les causes physiques :
l'homme seul, sent par les causes morales ;
c'est un principe d'action de plus auquel obéissent ses organes ; c'est une force vitale destinée à régénérer en lui le mouvement qu'il

---

(1) On regarde, généralement, les Égyptiens, comme les
inventeurs de l'écriture.

perd par l'exercice même de la vie. Les affections de l'âme sont, non seulement utiles au
bonheur, elles sont utiles encore à l'existence :
elles la prolongent, en même temps qu'elles
en rendent le sentiment plus vif. (1) »

L'homme n'est donc point né, pour borner
son destin à se nourrir et à se multiplier. Ce
n'est point en vain, que l'influence divine qui
le maîtrise, le met sans cesse en rapport avec
lui-même et avec ses semblables ; puisque,
sous toutes les zônes, nous le trouvons soumis aux mêmes penchants moraux, aux mêmes
dispositions innées. L'âpreté du sol, la rudesse des mœurs, le vice des institutions peuvent restreindre ou relâcher ce lien ; mais il
ne peut être rompu par aucun de ces obstacles.
Partout, l'entendement s'agrandit ou se resserre,
selon que les réunions d'hommes sont plus ou

---

(1) Voyez DESÈZE, *Recherches philos. et physiol. sur
la sensibilité.*

4

moins nombreuses : partout, après s'être élevé, par le travail des individus et celui des
masses à une hauteur sublime, il tombe dans
la langueur et la stérilité. Mais l'étincelle capable d'enflammer de nouveau ce feu sacré de
la pensée, vit encore sous la cendre : un vent favorable doit la ranimer un jour, jusqu'à ce que
les révolutions dévorantes, pareilles aux vol-
cans, l'ensevelissent, à leur tour, avec les
débris de la gloire et des grandeurs d'ici-bas.
Triste et cruelle loi de variabilité, à laquelle
obéit la nature tout entière! Mais sans doute,
elle existe dans l'intérêt de ce qui est créé. Le
Seigneur a dit, dans sa sagesse: «Ma puissance
se montrera dans les orages et la sérénité, dans
les victoires et les défaites. Les mutations du
firmament apprendront aux peuples de la terre,
qu'ils relèvent des mêmes vicissitudes : il n'y
aura d'immuables, parmi les hommes, que la
fragilité de leurs desseins, et l'incertitude de
leur avenir. J'ai fait l'homme pour la société ;

mais la société des hommes, à peine arrivée au midi de la civilisation, abusera de mes bienfaits. Elle ne gardera point cet équilibre d'innocence et de lumière, de bienveillance et de franchise, d'austérité dans les mœurs et de délicatesse dans les formes, qui assureroit sa durée, tant qu'il plairoit à ma volonté. La société des hommes s'enivrera de sa gloire, elle deviendra oublieuse de son dieu, elle perdra le respect pour les principes que j'ai posés dans le cœur de ma créature, et pour les rois que j'ai jetés sur des trônes. C'est ainsi, que je balancerai les nations, jusqu'au terme redoutable, où ma justice distribuera des récompenses et des peines éternelles. »

Ainsi, que l'athée examine froidement les effets de la nature sensible, ou qu'ouvrant ses yeux à la raison, il interroge l'enchaînement des causes divines et conclue, pour sa conviction, des paroles du Seigneur, l'homme est né pour l'état social, puisque cet état seul peut

4.

lui imprimer toute l'étendue d'existence dont il est susceptible ; que cette existence morale s'applique à toutes ses dispositions, à toutes ses facultés, qu'elle lui assure le bonheur, en tant qu'il ne mettra pas les rêves fougueux de l'ambition, les appétits dévorants de la volupté, à la place des chastes penchants de la tendresse, et des expressions embellies de la bienveillance et de la gratitude. Ainsi, le plus haut degré de perfection des sociétés fraîches d'imagination, de candeur et d'innocence, doit être considéré comme l'apogée de la condition humaine (1).

---

(1) Voilà encore une question qui a été, mille fois, remise sur le tapis; celle de savoir si la vie morale procure le bonheur. M. Casimir Delavigne a, récemment, soutenu que les lettres nuisent à la société. Il est vrai de dire, que les écrits de Rousseau, de Diderot, d'Helvétius, de Volney ont nui à la société; mais Racine, Bossuet, Fénélon ont-ils exercé une influence dangereuse, par le pouvoir du talent et l'expression du génie? « Sous le règne de Louis XIV, tout ce qu'il y avoit de

Honneur aux mortels qui ont proclamé la
dignité sociale, et par suite, la dignité de la
raison! Montesquieu, Desèze! vous avez servi
pour la même cause, vous aviez la même patrie : j'aimerois à dire, si la distance des âges
le permettoit, que vous vous y êtes, peut-être,
assez connus, pour vous promettre cette autre
patrie qui rappelle ses enfants demeurés purs,
au milieu des épreuves de la terre! Belles âmes,
beaux noms! dont l'un protège encore le monde,
et dont l'autre devoit rencontrer un si sublime
avenir, dans le défenseur de Louis XVI!

Montesquieu, dans un jeu de son imagi-

---

savants, de philosophes, de moralistes, de poètes, d'o-
rateurs, d'écrivains illustres, portoit à la religion le
respect le plus profond ; partout, leurs ouvrages goûtés
du public, nourrissoient, fortifioient l'amour de l'honnête et du beau; et la France se trouvoit universelle-
ment saine et forte de principes et de croyance. » (Voyez
Défens. du christ. discours d'ouverture par Mgr. l'évéque
d'Hermopolis.)

nation, dans cet aimable épisode des *Troglo-dytes*, avoit fait le plus bel éloge de l'existence sociale, sans rien demander à ces sciences (1) du corps et de la matière, qui, trop souvent, matérialisent l'esprit. Desèze avoit plus emprunté à son cœur, qu'à ses études. Celui-ci, avec le génie, n'avoit pas besoin de prouver par des inductions physiologiques, il étoit le panégyriste de la société : celui-là n'avoit pas assez de gé-

---

(1) J'ai toujours remarqué que les esprits grossiers excellent dans l'étude des sciences purement matérielles.

Desèze, Buffon, et de nos jours, M. Bérard, ont compris tout ce que la science de l'homme mort, dégagée de considérations morales, avoit de stérile pour l'âme. « Les vrais ressorts de notre organisation, dit Buffon, ne sont pas ces muscles, ces artères, ces veines qu'on décrit avec tant d'exactitude. Il réside, dans nos corps organisés, des forces intérieures qui ne suivent point du tout les lois de la vile mécanique que nous avons imaginée, et à laquelle nous voudrions tout réduire. » (Tome IV, page 199.)

nie , pour être tout-puissant, saus la science
extérieure. Il vouloit démontrer certains phénomènes physiques , vérités froides et vides,
dont il aimoit à rompre la monotonie, par
ces considérations morales qui découlent de
l'intérieur même de l'âme !

CHAPITRE III.

Formation des familles, peuples, nations.

« At varios linguæ sonitus natura subegit
Mittere, et utilitas expressit nomina rerum
Non alia longè ratione, atque ipsa videtur,
Protrahere ad gestum pueros infantia linguæ,
Cum facit ut digito, quæ sint præsentia, monstrent. »
(Tit. Lucret. Car. *de rer. nat.* lib. v.)

Les hommes, dans leur abandon primitif, ne connoissoient de la vie, que ses douleurs et ses dégoûts. Toujours en lutte avec la nature, toujours errants et vagabonds, ils

n'avoient le sentiment de leur frêle existence, que par celui des besoins qui appren-
nent à la soutenir. Occupés, durant le jour, à
des exercices pénibles, ils ne demandoient à
la terre qu'un antre profond, pour les dérober,
pendant la nuit, aux attaques de leurs ennemis ou aux intempéries de l'air.

Mais, instruits mutuellement par l'épreuve
de leur foiblesse individuelle, ils sentirent
le besoin de se rapprocher. De là, ces premiers liens de confraternité, et ces éléments
grossiers d'une association qui, en se com-
pliquant dans ses formes, devoit dépouiller,
trop tôt, sa simplicité et son innocence primordiales. Bientôt, ils interrogèrent les merveilles qui les environnoient. Ils observèrent
cette vicissitude de biens et de maux qui se
succèdent éternellement, et de là peut-être, la
source de cette erreur qu'on retrouve chez
les habitants de toutes les latitudes, dans l'ancien et le nouveau continents, et qui existoit

probablement long-temps, avant que Manès
en fit un dogme métaphysique. Ils s'imaginèrent que deux puissances ennemies se
disputoient l'univers. « Il est des erreurs bor-
nées à certains climats, comme il en est qui
deviennent l'apanage du genre humain. Les
premières peuvent céder quelquefois à la raison; les autres, nées avec la société, ne fini-
ront qu'avec elle (1). »

Les hommes commencèrent à sentir tout
le prix du travail et de l'industrie. Ils s'aper-
çurent que tel germe sollicite, pour son développement, un terrain sec ou humide ; que
cette plante s'accroît avec plus de vitesse dans
une exposition plus ou moins dirigée vers
l'astre du jour ; que celle-là semble réclamer
un ombrage frais, des soins non interrompus,
pour lui donner avec abondance le tribut de

---

(1) Voyez M. de Fontanes, discours préliminaire de
la traduction de l'*Essai sur l'homme*, de Pope.

ses fruits. Du développement de plusieurs
idées, de l'assemblage de diverses impressions, naquit insensiblement, chez ces êtres
primitifs, une langue pleine des images qui
en avoient été le principe, et qui souvent,
perpétue encore, à travers les nombreuses
modifications des mœurs et des habitudes,
quelque chose de son caractère originel,
dans l'idiôme des nations les plus enorgueil-
lies de leur faste et de leurs lumières.

La haine ou la vengeance, la colère ou l'ambition ne trouvoient aucune place dans ces con-
versations innocentes, où l'homme fort inter-
rogeoit l'homme foible sur ses besoins, où
le chasseur victorieux offroit à celui qui manquoit de subsistance, de partager sa proie.
De l'agrandissement des hameaux, se formè-
rent des bourgs, des villes. La propriété s'établit par le droit de *primo-culture*, et les
hommes confièrent spontanément aux plus
forts d'entre eux, l'exercice d'une sorte de pa-

ternité qui, par la suite, se compliqua singulièrement dans ses effets et dans son but.
La demeure de ces antiques patriarches n'étoit
encore défendue (1), que par l'affection et
la reconnoissance d'une famille heureuse et
bienveillante. C'est à ces siècles d'innocence,
que les poètes ont donné le nom d'âge d'or (2).
La suite de leur allégorie étoit pleine de vérité ; car, si les hommes durent quelque bien-
être (3) aux progrès de leur entendement, ils
durent aussi une partie des calamités qui

---

(1) On n'y voyoit pas encore,
La garde qui veille aux barrières du Louvre.
(Voyez MALH.)
(2) Voyez OVIDE.
(3) Nous avons dit, tout-à-l'heure (ch. 2.), que la vie
morale étoit dans le vœu de la création, qu'elle s'appli-
quoit à tous les besoins, à toutes les facultés, au bonheur de l'humanité. Mais l'homme va toujours au-delà de
tout. Les abus de l'intelligence sont aussi nuisibles à l'existence sociale, que la fermentation révolutionnaire le devient à l'existence politique.

n'ont cessé de peser sur les états, même aux jours les plus solennels de leur grandeur, à ces abus de la pensée, qui suppléent les bonnes lettres par l'emphase, et les bonnes mœurs par l'avilissement et la cupidité.

L'enfance et la barbarie des peuples, sont deux états dont les esprits vulgaires ne sentent pas la différence. Dans le premier, on voit des hommes effrayés de leur foiblesse, en butte à mille causes apparentes ou cachées de destruction, se réunir pour opposer à ces causes, un appareil redoutable de force et de résistance, couler ensuite, au milieu d'une sphère bornée de besoins, des jours sereins et tranquilles, recueillir avec transport, les productions d'un champ dont ils n'ont indiqué les limites, que par interruption de culture. La vertu, chez ces hommes-enfants, n'est point une loi écrite; c'est l'harmonie de tous les intérêts, la réciprocité de toutes les affections. Ils sont étrangers à la paresse, parce que tous concourent également à la culture du sol ; à la cupidité et à la violence, parce qu'aucun homme ne s'est avisé d'en dépouiller un autre du fruit de ses labeurs ; à l'orgueil, parce qu'ils sont tous soumis aux mêmes besoins.

Mais, dans l'état de barbarie, les hommes obéissent déjà à des vainqueurs inexorables qui font tout plier à leurs volontés. Ce n'est plus l'autorité douce et paternelle des premiers patriarches, c'est un despotisme appuyé sur la terreur. Le fort a déjà prévalu sur le foible ; il s'est reposé sur lui, du soin pénible de labourer ses terres, pour en dévorer seul les produits. « La guerre, le brigandage ont paru sur la terre ; de grandes passions se sont allumées : il a fallu des torrents de sang, pour s'assurer la possession d'un pays ; la mort a plané sur toutes les têtes, et les hommes d'abord malheureux par la conscience de leur foiblesse, le sont devenus encore davan-

tage par le sentiment de leurs forces (1). »
Cet état est, selon Robertson, le plus corrompu de la société humaine, parce que les
hommes ont perdu leur indépendance et leur
simplicité de mœurs primitives, sans être arrivés à ce degré de civilisation, où un sentiment de justice et d'honnêteté sert de frein
aux passions féroces et cruelles (2).

Cependant, les familles ont formé des peuples, et ces peuples ont composé des nations,
et ces nations, tour-à-tour, policées par un
législateur, démembrées par un conquérant,
superbes dans leurs triomphes et viles dans
leur esclavage, se sont traînées, pendant de
longs siècles d'opulence et de pauvreté, de

---

(1) Voyez BARTHÉLEMY, en son introduction au *Voyage
du jeune Anacharsis en Grèce.*

(2) Voyez ROBERTSON, introduction à l'*Histoire de
Charles-Quint*, traduction de Suard, de l'Académie
françoise.

gloire et d'opprobre, de crépuscule et de ténèbres, jusqu'au terme marqué pour l'accom-
plissement de leurs plus hautes destinées, et
l'expansion de toutes leurs facultés intellectuelles. Mais, de même que ces guerriers terribles dont la gloire n'est souvent, aux yeux
d'un observateur philosophe, qu'un tissu
d'exploits ensanglantés, ces spoliateurs illustres qui, d'une main, brisoient des trônes, de
l'autre, distribuoient aux vaincus des supplices
ou des chaînes, apportent aux souvenirs de
l'histoire des titres moins légitimes et moins durables, que le capitaine qui a assuré le bonheur
des nations, par des traités pleins de justice et
d'humanité, et qui a pu dire, comme Périclès
au lit de la mort : « Personne n'a pris le deuil
à cause de moi (1) »; de même aussi, les
empires qui n'ont été que puissants et redoutables, qui ont fortifié des villes inacces-

_____

(1) Voyez PLUTARQUE, *Vie de Périclès.*

sibles, mis sur pied des phalanges impénétra-
bles, porté au loin la terreur de leurs armes
et l'effroi de leurs débordements, passent, et
ne laissent d'autres témoins de leur existence,
que des ruines défigurées par le temps, quand
l'éclat des conquêtes n'a été tempéré par l'é-
clat du génie. Si quelques chroniques misérables se trouvent encore enfouies sous des
tombeaux brisés, elles portent l'empreinte
des âges féroces qui les virent naître, et il est
plus heureux que regrettable que de pareilles
annales soient perdues pour la postérité (1).
L'avenir n'a pas besoin de leçons de dégradation.

Que de peuples orgueilleux, que de bou-
levards menaçants ont été ensevelis dans
l'oubli! On ignore jusqu'aux lieux où étoient
assises ces cités fameuses qui couvroient toute

---

(1) Voyez David Hume, *Hist. de la maison de Plan-
tagenet*, traduction de Mme Bélot.

l'Asie de leur nom; l'histoire de leurs rois,
leur succession au trône, deviennent des sujets
intarissables de doute et de controverse (1).
Que reste-t-il de cette antique Palybothra
qui, selon Mégasthènes (2), pouvoit armer
quatre cent mille hommes? Que reste-t-il de
cette vaste Allahabad, dont l'empereur Akbar
érigea, à si grands frais, la grandeur monu-
mentale? et de cette superbe Mahabalipour
qui, d'après le récit des brachmanes, dut sa

---

(1) Voyez PAGÈS, *Nouveau Cours de littérature.*

(2) Si l'on en croit la relation de Mégasthènes, ambas-
sadeur de Séleucus, à la cour de Sandracotte, roi des
Prasiens, Palybothra eût été une cité aussi vaste que
puissante. Cette ville qui est réduite, aujourd'hui, à une
moitié d'obélisque, étoit située au confluent du Gange et
du Jumma; mais Rennel combat cette opinion et prétend
qu'on doit reconnoître Palybothra dans la ville de Patna,
sur les rives du Gange. (Voyez ROBERTSON, *Recherches
sur la connoissance que les anciens avoient de l'Inde.* —
Sir W. CHAMBERT, *Recherches asiatiques.* — PAW, en ses
Recherches philosophiques, tome I.)

destruction à l'audace d'un Malescheren son
fondateur (1)?.........................
...............Montrez-moi l'enceinte de

---

(1) Malescheren, roi de Mahabalipour, ayant obtenu
des dieux, d'être transporté dans leur céleste demeure,
voulut, à son retour sur la terre, imiter la magnificence
des cieux, et il bâtit sa capitale dans cet insolent dessein.
Mais, irrités de son audace, les dieux ordonnèrent à la
mer de submerger cette cité, lorsqu'elle étoit parvenue
au comble de sa puissance.

On voit que les peuples isolés de la vraie croyance
religieuse, se sont efforcés de reproduire dans les fastes
de leur culte, l'historique de la religion juive, en le dé-
naturant. Tel, le sort des Titans qui n'est qu'une mauvaise
caricature de celui que Dieu infligea aux prétendus astronomes de la Chaldée lorsqu'ils travailloient à l'édifice
ambitieux de *la tour de Babel*.

Je trouve, dans les Annales Corésiennes, une circon-
stance qui ressemble beaucoup à l'érection de cette *tour
de Babel*, dont certains historiens, pour mettre en défaut
les traditions saintes, n'ont voulu faire qu'un observa-
toire ordonné par des savants.

« Il existe, dit Constant Dorville, chez les Corésiens,
une tradition dont ils ignorent l'origine : c'est qu'ancien-

cette capitale du roi Théglatphalasaar, auquel l'Orient donna tant de marques de respect, de crainte et de bassesse (1)? Combien de générations qui vécurent sans vivre, combien, qui ressemblèrent à la fumée fugitive de l'incendie, ou au tumulte passager de la tempête (2)! ....

.... Ces sommets de pagodes à demi-rongés, ces frises, ces volutes, ces cônes d'obélisques jetés pêle-mêle au milieu des flots

---

nement, le genre humain n'avoit qu'un langage ; mais que la confusion des langues est venue à l'occasion d'une tour qui fut entreprise pour escalader le ciel. » (Voyez CONST. DORVILLE, en son *Hist. des différents peuples du monde*.) Voilà donc les traditions de l'écriture sainte accréditées, même parmi les adorateurs du *sabisme !*

(1) Voyez BOSSUET, *Hist. universelle.*

(2) Ne peut-on pas appliquer à ces peuples et à ces générations ce que dit Salluste des hommes adonnés à la vie corporelle ? « Eorum ego vitam mortemque juxtà existumo, quoniam de utrâque siletur. »

du Camboge ou de l'Ava (1), pour leur servir
de digue, est-ce là tout ce qui reste des temples du soleil et de la victoire? Ces simulacres
poudreux de statues épars sur les bords sa-
blonneux de l'Indus, ces fossiles humains que
vomissent les crevasses du désert, est-ce là
toute l'immortalité des triomphateurs qui firent trembler le Caucase? Des débris sans
nom que chasse au loin le vent d'Éthiopie, voilà
donc les vestiges du passage d'un grand peuple! et nul historien ne s'est chargé d'en instruire les siècles!......................
.....Ah! le souffle des conquérants a brûlé
ces plages malheureuses; les masses humaines
ont été poussées, de vainqueurs en vainqueurs, comme de vils troupeaux; l'intelligence n'a respiré que dans des esclaves,
elle n'a obéi qu'à l'ambition ou à la vanité

---

(1) L'Ava se jette dans le golfe de Bengale, et le Camboge ou Zeveck, à l'opposite de Bornéo.

de quelques hommes. Si Rome eût été sub-
mergée par un effroyable débordement de la
mer-interne (1), serions-nous réduits à diva-
guer sur sa situation? si les plaines de l'Attique se fussent entr'ouvertes pour engloutir
Athènes,ne saurions-nous ni le Parthénon, ni
l'Académie ? est - ce dans la Chersonèse taurique (2), que nous chercherions cette métropole
des arts et de la sagesse? Non, les nations qui
ont produit des Thucydide, des Platon et des
Tacite, ne meurent jamais tout entières.
L'ombre de Bossuet survivra à toutes les révolutions, à tous les bouleversements dont
l'Europe moderne peut devenir le théâtre : et
si un jour doit arriver où elle sera bannie du

---

(1) Aujourd'hui, la mer Méditerranée.

(2) La CHERSONÈSE TAURIQUE s'appelle, dans le langage
de la géographie moderne, la CRIMÉE : la forme de cette
presqu'île ressemble assez bien à celle du Péloponèse.

sein des François, elle se retirera dans le cœur des barbares, pour les instruire et les civiliser.

CHAPITRE IV.

Des temps héroïques.

Sed diù magnum inter mortales certamen fuit,
vi-ne corporis, an virtute animi, res mili-
taris magis procederet : nam et priùs quàm
incipias consulto, et ubi consulueris, maturè
facto opus est. Ità, utrumque per se indigens,
alterum alterius auxilio viget.

(Sallustii, *Conjur. Catilinar.*)

Toutes les nations qui ont parcouru le cercle entier de leur développement, présentent
quelques périodes assez distinctes qu'il convient d'indiquer. Toutes sont parties du même

point, toutes sont arrivées au même but, en
atteignant une sphère plus ou moins vaste de
pensées et de découvertes. Il est des peuples
qui n'ont obtenu d'autre supériorité que celle
des armes ou du commerce, comme les Par-
thes, les Numides. Carthage et Syracuse n'ont
guère transmis, dans leurs communications
commerciales, que des marchandises, et les
productions des contrées éloignées. Il est aussi
des états, chez lesquels les progrès de la raison
ont été plus ou moins accélérés. Rome n'avoit
été que guerrière, jusqu'à Térence et Catulle.
Cependant, elle avoit connu de grandes vertus qui valent encore mieux que les haran-
gues d'un ambitieux (1), et les poëmes d'un li-
bertin ; mais, si tant est que nous voulions ici
nous borner aux lettres, sans rien usurper à
la morale, les Cincinnatus, les Décius, les
Fabricius, précédèrent de beaucoup les Cicéron et les Horace. La Grèce, plus heureuse,

----

(1) Je ne connois pas de portrait plus vrai et plus élo-

formoit à peine un corps de nation, que déjà, elle avoit pu s'enorgueillir d'une Iliade et d'une Odyssée.

Ignorants et grossiers, les hommes établissent, en premier lieu, la supériorité du courage et de la force. Les athlètes les plus vigoureux ont seuls droit à leur admiration, et

---

quent de Cicéron, que celui qu'en trace Montesquieu, dans son parallèle de l'orateur romain, avec Caton. « Cicéron, dit-il, avec des parties admirables pour un second rôle, étoit incapable du premier. Il avoit un beau génie ; mais une âme souvent commune. L'accessoire, chez Cicéron, c'étoit la vertu : chez Caton, c'étoit la gloire. Cicéron se voyoit toujours le premier, Caton s'oublioit toujours. Celui-ci vouloit sauver la république pour elle-même, celui-là pour s'en vanter. Je pourrois continuer ce parallèle, en disant que quand Caton prévoyoit, Cicéron craignoit ; que là où Caton espéroit, Cicéron se confioit ; que le premier voyoit toujours les choses de sang-froid, l'autre, à travers de petites passions. » (Voyez MONTESQUIEU, en ses *Considérat. sur les causes de la grandeur et de la décadence des Romains.*)

les écoles de gymnastique parurent toujours long-temps, avant les académies destinées à l'enseignement de la philosophie et des beaux-arts. Les Hercule, les Thésée, les Jason et tant d'autres personnages prodigieux, furent les premières idoles d'un peuple enfant, tant les hommes aiment à se créer des objets de culte et de respect! Incapables de s'élever à l'idée d'une divinité qui ne seroit ni la foudre, ni la tempête, ils en confèrent tous les attributs aux guerriers qui étalent à leurs yeux éblouis les hauts-faits les plus étonnants, les formes les plus gigantesques. Ces temps ont reçu le nom d'*héroiques*, parce qu'ils furent féconds en braves qui, chez les Grecs, exterminoient des monstres, en France, protégeoient la foiblesse et l'innocence, tendoient aux malheureux une main secourable, délivroient les captifs, arrachoient des opprimés à l'injustice et à l'atrocité, couvroient de leur bouclier tutélaire, les femmes, les orphelins,

les ministres de la religion, et tous ceux qui
ne pouvoient prendre les armes pour leur défense. « Cette noblesse généreuse ne connois-
soit d'autre gloire que celle de la valeur et de
la force corporelle, d'autre occupation que
celle de combattre à outrance ses ennemis,
ou de se livrer au plaisir de la chasse. Impatiente du repos, jusqu'à donner à la paix
même, l'apparence de la guerre, par des joûtes
et des tournois où, disoit-elle, la prouesse
étoit vendue et achetée au fer ou à l'acier (1). »
Mais, peut-être, les exploits de ces héros ont-
ils été singulièrement grossis dans la suite,
par les prestiges de l'éloignement et les exa-
gérations de l'ignorance.

Les événements remarquables des siècles
reculés surgissent des ténèbres, avec des for-

---

(1) Voyez M. Maxime de CHOISEUL-D'AILLECOURT, de
l'influence des croisades sur l'état des peuples de l'Europe.

mes plus imposantes, à mesure que s'aug-
mente l'espace qui les sépare de nous; et,
comme les ombres que projette le soleil près
d'éteindre son disque étincelant, on les voit
arriver à cette apparence fantastique qui les
défigure et les mène, comme en triomphe, à
travers la nuit des temps. Cette vérité historique émane d'une disposition née avec l'esprit humain. Noble prérogative, qui enflamme
ou nourrit les feux de l'imagination, agrandit
le présent des souvenirs enchanteurs du passé,
retrempe la piété refroidie d'une cour frivole,
dans l'enthousiasme des croisades, marie nos
illustrations contemporaines aux gloires de la
France naissante; comme jadis, dans la maî-
tresse du monde, elle enivra les Cluentius de
la gloire de Cloanthe, et intéressa l'honneur
héréditaire du premier des Césars, dans les
vertus royales des souverains de la Troade (1)!

---

(1) On sait que Jules César faisoit dériver son prénom

L'homme, souvent fatigué des scènes mo-
notones qui se passent sous ses yeux, impa-
tient du cercle rétréci d'événements communs
et ordinaires, dans lequel ses jours coulent
sans illusions, évoque les ombres majestueuses
de l'antiquité, s'exalte dans le récit des choses
extraordinaires et semble oublier, dans son
berceau, les malheurs de sa vieillesse. Ainsi,
l'homme vit de souvenirs ou d'espérances : il
se trompe dans des songes, ou s'indigne des
réalités. Tel, un voyageur aperçoit de loin des
masses vaporeuses (1) dont il brûle d'appro-

---

d'Iüle, fils d'Énée. Les Cluentius prétendoient descendre
de Cloanthe, l'un des compagnons du héros troyen :
comme les Memmius comptoient Mnesthée parmi leurs
illustres aïeux. Virgile a su adroitement flatter, dans son
poëme, la vanité des grands de Rome :

Genus à quo sanguine Memmi.

(1) Les personnes qui ont visité les superbes horreurs
de la vallée de *Lauterbrunnen*, en Suisse, ont pu remar-

cher : ici, un palais d'albâtre ravit ses regards
fascinés ; là, un faîte pyramidal recèle, sans
doute, les débris d'un grand de la terre ; cette
grotte tapissée de feuillages épais doit protéger la source d'une onde limpide et pure ;
cette tour couronnée de créneaux, c'étoit le
donjon d'un preux, ou l'oratoire d'une aimable
et tendre châtelaine ; cette colline ombragée,
voilà l'orangerie d'une douairière, ou le parc
d'un héros. Mais, hélas ! un rocher blanchi par
les orages ; la croupe sauvage d'un mont, mu-

---

quer ces jeux de l'atmosphère vaporeuse qui plane sur
les pics de l'Helvétie. Plus on approche de *Trachsellavi-
nen*, plus aussi, les illusions de l'optique acquièrent de
charmes, à la vue de ces villages aëriens, de ces montagnes colossales, chargées de neige et de glaçons et qui,
tantôt se présentent comme des châteaux de quartz,
tantôt réfléchissent au loin les couleurs primitives, tantôt s'enveloppent de brouillards épais, pour ne laisser
apercevoir que leurs cimes menaçantes.

(Voyez Simon, Depping, *Voyages en Suisse*. M. Raoul-
Rochette, en ses *Lettres sur la Suisse*.)

tilée dans son sommet, par l'entraînement des eaux; une citerne sombre et fétide; des masses calcaires entassées en face d'un précipice; des landes semées de bruyères; quel cruel décompte! quelles affreuses réalités!

. . . .

. . . .

Prestiges des sens physiques, prestiges de la pensée, prestiges des inclinations douces et expansives, prestiges des passions fougueuses, tout est prestiges parmi nous, passagers incertains de la vie, tout est prestiges, hormis la vertu! Il n'y a de positifs que les naufrages, et le terme de nos destinées, fécond en vérités terribles ou consolantes!......... Oui, la pureté du cœur est exempte d'illusions, elle brille sans éblouir; c'est une auguste réalité qui embellit le palais des rois, bien mieux que les trophées et les insignes de la conquête. Aussi noble sous le chaume des patriarches, que sous la tente dorée des vainqueurs; ici, elle est profanée

6

quelquefois, par l'adulation tumultueuse des hommes vendus au pouvoir; là, elle est honorée, chaque jour, par les sueurs du pauvre et les prières de l'innocence. Elle seule prévaut sur toutes les gloires, comme la vérité simple et naïve prévaut sur les artifices du mensonge et l'emphase des paradoxes, comme la charité d'un Fénélon prévaut sur les sentences de Sénèque!

La plupart des hauts-faits qui nous plongent, aujourd'hui, dans l'étonnement et l'admiration, n'obtinrent qu'une renommée médiocre, dans les siècles témoins de tant de merveilles : car les contemporains sont toujours disposés à refuser même leur indulgence à l'âge présent, pour reporter un culte superstitieux aux âges qu'ils ne connoissent que par des traditions plus ou moins altérées; de même que les individus semblent se complaire à vanter, sans cesse, les vertus et les avantages d'une génération qui s'éteint, pour exagérer les vices de la génération qui croît autour de leur vieillesse.

. . . . .Laudator temporis acti,

Se puero, censor castigatorque minorum (1).

Un enfant se rappelle avec enthousiasme les jeux et les fables qui accompagnèrent ses premiers pas dans le monde. Tous les lieux qu'il a parcourus, tous les monuments qui ont frappé ses regards novices, il se les représente, après une longue absence, sous des dimensions extraordinaires, et, dans un âge avancé, il lui a fallu souvent se convaincre rigoureusement qu'un champ ou qu'une habitation n'avoient pas changé d'étendue, pour qu'il reconnût son erreur qui dérive de la fragilité des sens (2).

---

(1) HORAT. *Ars poet.*

(2) Cette erreur vient de ce que les sens n'ont pas encore beaucoup comparé. L'enfant qui n'auroit jamais vu que le toit paternel, arriveroit à un âge assez avancé, sans comprendre qu'il pût exister des habitations plus vastes et plus commodes que celle de sa naissance; ou l'idée qu'il se feroit d'un palais, n'auroit rien de naturel et de mesuré. De même aussi, l'homme qui n'a jamais quitté le

Les poëtes n'ont pas seulement été entraînés par leur imagination fleurie, à nous peindre leurs héros antiques avec des forces physiques plus qu'humaines : ils l'ont fait pour
céder à la pente générale des esprits vers ce
genre de séduction ; et c'est encore à ceux
dont la verve féconde a su déployer avec le
plus de grâce, sur des récits pleins d'enthousiasme et d'extase, le voile enchanteur du merveilleux, que nous adjugeons les palmes de
l'épopée. On peut encore déduire des conséquences plus éloignées de ce principe moral
qui est inné chez tous les hommes, quelque
étendu ou borné que soit, d'ailleurs, leur avancement social.

Les réputations qui partent d'un centre

---

bourg au sein duquel il reçut le jour, ne suppose rien
au-delà, et juge mal les distances et les formes monu-
mentales, quand il arrive dans une capitale embellie
des arts d'Athènes et de Rome.

lointain, imposent toujours aux esprits foibles,
en raison directe de la distance où ils sont du
lieu qui en est le théâtre (1). Le vulgaire ne se
figurera jamais qu'un homme qu'il peut voir à
toute heure, qu'il peut aborder facilement, qu'il
peut entretenir sans crainte , qu'un homme
enfin , dont toutes les actions lui sont con-
nues , ait reçu en partage le domaine du
génie. C'est ce qui a fait dire à un auteur célèbre, que nul n'est *grand-homme pour son
valet-de-chambre.* « Il y a une chose , dit
Saint-Évremond, que je conseille à un habile
homme, c'est de se rendre le plus rare qu'il
pourra. Car, comme la présence diminue l'estime, l'absence et l'éloignement l'augmentent.

---

(1) On peut en dire autant de l'éloignement des âges.

« Sans monter au char de victoire,
Meurt le poète créateur,
Son siècle est trop près de sa gloire,
Pour en mesurer la hauteur. »

(V. Huco, ode 25e.)

La renommée grossit toujours les objets, et l'imagination va bien au-delà de la vue. Il ne faut donc jamais se prodiguer. Il faut se faire attendre, pour être bien venu (1). »

Mais, revenons aux temps héroïques qui ont donné naissance à toutes les fictions du paganisme et de la mythologie (2), chez les peuples de l'antiquité, et à la plupart des tradi-

---

(1) Voyez *Mélange curieux des meilleures pièces attribuées à M. de Saint-Évremond*, tome II.

(2) La mythologie, ce champ si vaste que l'imagination des poètes a embelli de mille fleurs variées, est un tissu de contes bizarres, et un amas confus de faits souvent vrais dans le fond, mais dénués d'ordre, de vraisemblance et de chronologie. La plupart de ces fictions existoient bien avant Homère; elles passoient de bouche en bouche et avoient acquis une grande popularité, comme nos vieux contes des fées; mais le poète sut les consacrer dans ses narrations, à une époque où elles jouissoient encore sur l'esprit de peuples à demi-barbares, d'un crédit immense.

Voyez GUÉRIN DU ROCHER, en son *Histoire véritable des temps fabuleux*.

tions merveilleuses, chez les nations modernes.
C'est à cette époque où les forces externes pré-
dominent le plus sur les puissances intellectuelles, que la Grèce rapporte, et sa conquête
de la Toison d'or, et ses guerres de Thèbes,
et sa destruction de Troie. On y voit figurer
des circonstances romanesques et des héros
invulnérables. Toutes les nations se ressemblent dans cette première phase de leur développement, toutes environnent leur berceau
de fables et d'illusions qui le rendent imposant et respectable. Si l'on s'en rapporte aux
chroniques chinoises les plus accréditées, leur
monarchie fut fondée par un être miraculeux
nommé *Fo-hi* (1), environ deux-mille-neuf
cent-cinquante-deux ans, avant l'ère chrétienne.
Ce *Fo-hi* inventa toutes les sciences, tous les
arts et jusqu'aux moindres instruments d'agriculture. Il étoit, à la fois, la Cérès, la Minerve,

---

(1) Voyez Constant Dorville , ouvrage cité.

l'Apollon et le Vulcain de´ la Chine. Les Japonois ont des traditions vénérées qui leur ap-
prennent qu'ils sont aborigènes, ou plutôt que
leur origine remonte aux dieux. « Au commencement de l'ouverture de toutes choses,
disent-elles, le chaos flottoit, comme les pois-
sons nagent dans l'eau, pour leur plaisir.
De ce chaos, sortit quelque chose de semblable à une épine qui étoit susceptible de
mouvement et de transformation.» Cette chose
devint un esprit ou une âme, et cet esprit
est appelé *Kunitokodatsno-mi-katto* (1). Il a
produit leurs dieux, dont ils établissent deux
différentes généalogies. L'une de ces généalogies est composée d'esprits célestes, ou d'êtres
absolument dégagés de la matière, et ces êtres

---

(1) Voyez d'HERBELOT, *Bibliothèque orientale.* — Le
père DUHALDE, le père LECOMTE, en leurs *Relations de la
Chine et du Japon.*—CONSTANT DORVILLE, ouvrage cité,
tome I.

ont gouverné le Japon pendant une longue suite de siècles.

Rome se forme des débris de la grandeur troyenne. Cette antique Ausonie, patrie de Saturne, berceau de l'âge d'or, est pour Énée, la terre promise aux enfants d'Abraham. Il arrive enfin, après bien des traverses et des naufrages, aux plages de Lavinie, et son fils Iule marqué du sceau des dieux, doit donner son nom au triomphateur de Pharsale (1). Enfin, on voit un Romulus chef d'une troupe de bandits dont il partage tous les vices, mé-

---

(1) « Hùc geminas, nunc flecte acies, hanc adspice gentem ,
Romanos que tuos. Hic Cæsar, et, omnis Iuli
Progenies, magnum cœli ventura sub axem.
Ilic vir, hic est, tibi quem promitti sæpiùs audi,
Augustus Cæsar, divi-genus; aurea condet
Sæcula qui rursùs Latio regnata per arva,
Saturno quondam; super et Garamantas et Indos ,
Proferet imperium. »

(Virgil. *Æneid.* lib. vi.)

« Voilà César, voilà ces héros triomphants,
Du noble sang d'Iule, innombrables enfants. »

(Jacques Delille.)

riter, après sa mort, les honneurs de l'apo-
théose. Cependant, il faut convenir que l'histoire romaine offre beaucoup moins de contes
bizarres, de fictions ingénieuses, que celle de
la descendance d'Inachus (1). Cette différence
tient au sol, et à l'imagination des poètes,
qui ne ressemblent pas toutes à celle d'Homère. « L'histoire des Gaulois, dit un écrivain éloquent (2), semblable à ces horizons va-
poreux qui se confondent dans les nuages
et qu'on ne peut dessiner qu'avec incertitude,
s'entoure aussi d'un voile flatteur pour l'orgueil national. De là, cette origine merveil-
leuse qui fait venir nos ancêtres des rives du
Scamandre et du Simoïs, et dont le prestige
nous alliant aux Hector et aux Énée, trouve

---

(1) Vide C. Julii Solini *Polyhistor*, *vel rerum toto
orbe memorabilium thesaurus*, cap. 2. — Tit.-Liv. *Hist.
rom*. lib. 1.

(2) F. Marchangy, *Gaule poétique*.

des titres de famille dans les chants d'Homère et de Virgile. »

Le moyen-âge a ses Godefroi de Bouillon, ses Renaud, ses Baudoin, ses Raimond; mais le tableau de leur gloire militaire et aventureuse offre un aspect bien différent des combats de Diomède et d'Ajax, des associations guerrières d'Achille et de Patrocle. Ce ne sont plus des hauts-faits que la raison se refuse à croire, c'est un temps plein de charmes, où la valeur cherche des occasions légitimes de se distinguer. Ce sont des guerres entreprises dans un but noble et généreux par des seigneurs bouillants de jeunesse et de courage, accourant de tous les *manoirs* de l'Europe, pour voler à la défense de la *Terre-sainte*, et revenant ensuite, précédés de joyeux troubadours, de trouvères et de chantères, les fabliaux à la main (1), racon-

(1) Voy. JOINVILLE, VILLEHARDOIN, *Chron.* — SAUVIGNY, *Mœurs des François.*

ter à leurs dames les périls qu'ils ont défiés, les victoires qu'ils ont remportées, ou soupirer, au pied d'un gothique donjon, ces romances amoureuses et mélancoliques dont s'embellit le code de la chevalerie (1). Ce mélange de rudesse et d'aménité, cette fougue de bravoure, cette soif de prouesses qui n'ont rien de sanguinaire, cette galanterie qui ne se dément jamais, cette loyauté aussi inséparable du preux, que son heaume et son écu, sont les teintes qu'avoit seule droit de verser sur l'époque enchantée des croisades, une religion douce et humaine, et qui ne condamne point des amours chastes et pures.

C'est presque toujours du sein de cet état

---

(1) C'étoit un temps bien fortuné, quoiqu'en dise une philosophie née des orages politiques et de la dégradation morale des sociétés, que celui, où l'amour purifié par le christianisme, se mêloit à toutes les émotions, étoit de moitié dans tous les hauts-faits : que celui, où la bienveillance et la générosité tempéroient tous les triomphes, et réparoient les malheurs de la guerre !

secondaire qui allie encore la douceur à la rudesse, la violence à l'humanité (1), qu'émanent
les premiers tributs de l'imagination, étince-
lants de feu et d'originalité ; mais enveloppés
encore des langes du mauvais goût. Tels sont
les poëmes d'Homère, inimitables, surtout,
parce qu'ils furent composés dans ces conditions morales et politiques, où la crédulité des
peuples, le retentissement des hauts-faits, le
pouvoir du merveilleux, mettent à la disposition du poète, tous les mouvements, tous
les lieux, tous les prestiges.

Je vois, dans le fond des siècles, l'illustre créateur de l'épopée, sans autre maître,
qu'une imagination fraîche de jeunesse et
d'enthousiasme, tout brûlant des souvenirs de
l'ancienne Grèce, riche de son âme, pour prêter aux fils de la victoire, une éloquence pleine
de noblesse et de dignité, plus riche de son

---

(1) Voyez BARTHÉLEMY, ouvrage cité.

cœur, pour traduire les sublimes proportions de
la bienveillance et de la générosité, concevant,
dans les transports de son patriotisme, le prodigieux dessein de faire revivre, par les peintures de la pensée, le plus imposant drame
de l'antiquité. Je vois ce divin fils de Mélès,
évoquant toutes les gloires, rassemblant tous
les exploits, s'exaltant de toutes les inspirations, s'appropriant le ciel et la terre, les
vertus et les passions, agrandissant ses héros
des forces divines, transportant, par fois,
dans les célestes demeures, les foiblesses de
l'humanité, assignant leur caractère, leur physionomie variés, aux Ulysse, aux Diomède,
aux Ajax et aux Agamemnon, distribuant à
chacun son rôle et ses lauriers, assistant aux
conseils des dieux, aux vœux protecteurs des
déesses, se plaçant sous la tente d'Achille et
sous le faîte somptueux des palais de Priam,
groupant tous les charmes, toutes les fictions,
toutes les images, tous les enchantements,

rattachant toutes les prédestinations des guerriers subalternes, à la fortune de la Grèce,
disposant toutes les scènes de son vaste tableau, pour la perspective magique des ruines
fumantes de Troie, montrant enfin, dans les
flammes de cette opulente cité, à l'orgueil des
Hellènes, la magnifique aurore de leur puissance, et formant, sans s'en douter, le plus
beau patrimoine de l'esprit humain.

Plus près de nous, dans l'optique des âges,
paroît l'Énéide, monument éternel *de l'impression du génie sur le génie* (1). Un grand
empire détruit se relève dans la patrie de Saturne, les dieux vieillis d'Anchise, retrouve-
ront un autre culte dans la ville de Romulus :
les débris d'Ilion doivent orner le Capitole,
et à la descendance royale de Laomédon, est
promis le premier trône du monde. Tout est

---

(1) J. DELILLE, en sa préface de la traduction poétique de l'*Énéide*.

noble dans les récits de Virgile, et la colère
de Junon, et la fiction du bouclier de Vulcain, et les romans amoureux de Didon et de
Lavinie, et le nuage parfumé de la reine de
Cythère, et la descente d'Énée dans le domaine ténébreux de Pluton, et, enfin, cette
superbe avenue du palais des Césars, toute
pleine des illustrations grecques et romaines.
Mais le poète latin vivoit sous l'influence protectrice d'une cour polie et fastueuse, il parloit à un peuple refroidi par la civilisation, et
les maximes philosophiques du siècle d'Auguste désenchantent, trop souvent, les mœurs
primitives de la vieille Ausonie. L'Énéide,
chef-d'œuvre de goût, ressemble à ces forêts
d'art et d'imitation, où l'on apercevroit une
statue de Pigal. L'Iliade, au contraire, est
bien moins une œuvre littéraire, que l'expression poétique de la nature, dans toute la
solennité de son ordonnance. Homère mar-
choit à l'immortalité sans le savoir, Virgile

dévouoit toutes ses veilles à la renommée. Tandis que l'un redisoit la gloire, pour la gloire elle-même, l'autre se montroit ingénieux à caresser des vanités contemporaines et à forcer des généalogies.

Ce qui distingue donc éminemment le chantre d'Ulysse, c'est l'invention; elle le place au-dessus de tous les poètes, comme elle a marqué à Platon, le premier rang parmi les prosateurs. Homère florissoit, à-peu-près, deux cents ans après la guerre de Troie (1), et ce grand-homme n'étoit pas éloigné, sans doute, de croire à la plupart des aventures qu'il racontoit avec toute l'éloquence d'une profonde admiration. Le poète dont sept villes de la Grèce revendiquèrent le

----

(1) 200 ans, selon Hérodote, et 400, d'après Barthélemy. Singulière destinée d'un grand-homme! Les historiens ne s'accordent, ni sur le lieu de sa naissance, ni sur l'époque où il vivoit : quelle leçon pour la vanité!

berceau, avoit mendié (1) durant sa vie. Il chanta, dit-on, la guerre de Thèbes, et composa plusieurs ouvrages qui demeurent perdus pour le culte homérique.

Les siècles héroïques ayant toujours été féconds en événements extraordinaires, les poètes n'ont pu rester spectateurs muets des déchirements ou des triomphes de leur patrie. Voilà pourquoi, on a vu les flambeaux poétiques briller d'un vif éclat, au milieu des ténèbres. Ici, c'est Moïse qui célèbre, dans un cantique sublime, la perte de Pharaon; là, c'est Orphée, Linus, Amphion qui rassemblent, au son du luth, des rochers pour la formation des premières villes, et des hommes pour les habiter; et cet Hésiode qui, dans un style plein de charmes, décrivit les généalogies des dieux et les travaux de la campagne,

---

(1) Voy. BARTHÉLEMY, ouvrage cité.

et, enfin, ces larmes si poétiques versées sur les malheurs de la Messénie (1)!

Ainsi, les scènes dignes de la poësie primitive et de l'épopée, appartiennent à l'enfance des nations : cette vaste composition doit être l'écho majestueux de leurs pas redoutables vers la gloire et la puissance. Il est à remarquer que rarement, les triomphes du génie se rendent auxiliaires de l'empire des forces corporelles. Au milieu des faits d'armes d'un peuple barbare, il n'y a encore point de place pour l'imagination : d'ailleurs, ces prodiges de bravoure, ces actions souvent téméraires, réclament un point de vue pour devenir épiques. Les poètes se placent donc, ordinairement, entre le retentissement des exploits, la mémoire grandiose des traditions merveil-

---

(1) Voyez les *Messéniennes* de Comon et d'Euclète, (BARTHÉLEMY). — V. Les *Élégies de Tyrtée sur les guerres des Lacédémoniens et des Messéniens.*

leuses, et le crépuscule d'une civilisation com-
mençante. Voilà l'époque la plus favorable
pour les conceptions épiques.

CHAPITRE V.

Poësie.

« Te decet hymnus, Deus, in Sion ;
et tibi reddetur votum in Jerusalem. »
(Psalm. XLIV.)

Née sous l'influence d'un soleil toujours pur, agrandie dans ses impressions, et par la pompe des souvenirs, et par l'enthousiasme du beau, témoin des prodiges de la valeur et

de la générosité, embrassant, dans ses regards
de feu, la nature tout entière, avec la magie
de ses tableaux et l'éloquence de ses inspirations, mesurant enfin son vol à celui du roi
des airs, et son domaine à l'immensité; l'i-
magination, lorsqu'elle plana, pour la première fois, sur le berceau des peuples, n'eut
d'autre langage que la poësie.

Harmonieuse et touchante, quand elle peignoit
le cœur humain dans sa candeur et sa simplicité
originelles, vaste et héroïque, quand elle célé-
broit la gloire des conquérants et les exploits des
triomphateurs, imposante et sublime, quand
elle détachoit quelques rayons de la splendeur des cieux ou de la majesté divine, on la
vit se combiner aux mœurs publiques et leur
imprimer ces modifications pleines de charmes
qui, tant qu'elles conservèrent leurs teintes
primitives, étendirent les jouissances de l'âme,
sans altérer ses vertus. Se mêloit-elle, dans
le printemps du monde, aux fêtes du peuple-

saint, ses chants imitoient les concerts des
oiseaux de Sennaar et d'Ephraïm ; pleuroit-
elle sur le tombeau d'un juste, ses larmes
étoient douces comme la rosée du matin
et les sucs qui découlent des arbres d'O-
rient. Que si elle accompagnoit les accords
de David ou de Salomon, lorsque ces fils d'A-
braham redisoient les louanges du Seigneur,
la mélodie de ses rhythmes s'élevoit dans le
temple auguste, comme la fumée de la myrrhe
ou de l'encens qui brûloient sur les autels !
Ses lamentations avoient quelque chose de
la mélancolie du lac d'Asphar (1), et ses grands
effets ressembloient aux cimes solennelles du
Gelboë et du Thabor. Telle étoit la poésie,
chez les Hébreux qui nous en ont laissé le
plus ancien monument, dans ce fameux can-

---

(1) Le lac d'Asphar est situé près de Bethsura, non-
loin de la mer-Morte.

tique composé par Moïse, après le passage de
la Mer-Rouge (1).

L'armée tumultueuse de Pharaon trouvant
son tombeau au sein des mêmes flots qui s'é-
toient entr'ouverts pour la délivrance des légions juives; la main du dieu de Jacob présente à la défaite et à la victoire; l'orgueil
écrasé d'une part, l'humilité et la foiblesse
triomphant de l'autre; un grand miracle,
après tant de miracles, pour la punition des
persécuteurs et l'éclatante protection des per-
sécutés; le besoin vivement senti de payer
au roi des rois, un tribut solennel de gratitude
pour le présent, d'espérance et d'amour pour
l'avenir, c'étoit l'épopée que le cœur de Moïse,
encore moins que son génie devoit offrir à la
terre : c'étoit cette épopée primordiale, traduction naturelle, plutôt qu'imitation forcée

---

(1) Voyez, chap. 15 de l'*Exode*, traduction de LE-
MAISTRE DE SACY.

des grands sentiments et des faits imposants de l'intervention divine, avec ses conditions les plus majestueuses, parce qu'elles étoient vraies.

Plus je médite sur ces vieilles actions-de-grâces qui embellissent les livres saints, plus je me plais à y reconnoître le cachet de la vraie poësie. Magnifique nature de l'Orient, grandiose des teintes et des proportions, reflet du plus beau firmament de l'univers, exaltation de toutes les vertus, hommages d'admiration, de respect à l'Éternel, enthousiasme religieux, pureté pareille à celle des ondes du Jourdain, fraîcheur égale à celles des jeunes Sulamites, voilà la poésie d'Israël!

Le chant de triomphe de la Mer-Rouge qui, selon plusieurs historiens, fut composé par l'interprète de la loi du Seigneur, en vers hébraïques, se recommande également, et par l'éloquence du style, et par la hardiesse des figures, et par la noblesse des images. Les mêmes caractères se font remarquer dans les

cantiques de la prophétesse Débora, d'Anne,
dans ceux d'Isaïe et de David (1). Quiconque
a du goût, et ce qui est plus rare encore,
quiconque apporte à la lecture de ces compositions mémorables, le calme de la bonne-
foi et l'absence de tous les préjugés qu'enfante
l'irréligion, admirera dans ces hymnes toute
la fécondité d'Homère, et quelquefois, un langage plus sublime, parce qu'il parle d'objets
d'un ordre plus élevé. On peut conclure de-
là, que le véritable usage de la poësie appar-
tint d'abord à la religion qui, en s'adressant

---

(1) Voyez le cantique d'ANNE, 1er liv. des *Rois*, (c. 2.)
— Prières et actions-de-grâces de David, 2 liv. des *Juges*,
(chap. 7.) — Cantique d'actions-de-grâces de ses victoires,
même livre, (chap. 22.)—Isaïe, livre d'*Isaïe*, (chap. 12.)—
Moïse ne rapporte point, dans son entier, le cantique de
Marie, sœur d'Aaron.

Voyez aussi les chants lyriques de Saül si heureuse-
ment imités par M. Alphonse de Lamartine, (premières
Méditations poëtiques).

à des hommes grossiers, dut les séduire par l'éclat et la variété (1). Aussi, n'étoit-elle, chez le peuple élu, consacrée qu'à chanter les louanges du Seigneur, et à relever ses divins attributs. On la vit, ensuite, prêter ses accents et sa majesté aux cérémonies du paganisme et aux fêtes puériles de l'idolâtrie. Tels sont les hymnes que l'on chantoit pendant les sacrifices, les odes de Pindare, la théogonie d'Hésiode. Des dieux, la poësie devoit descendre aux demi-dieux, aux héros, et ce fut dans cette destination inférieure, qu'elle reconnut pour son chef, Homère qui fixera les regards de tous les siècles, tant qu'on cultivera les lettres sur la terre et qu'on saura encore estimer les jouissances de l'esprit. Les Hébreux furent donc les premiers peuples qui surent la puissance du génie, comme ils surent celle de la vraie philosophie. Ces cantiques pleins d'en-

---

(1) Voyez ROLLIN, en son *Traité des études*.

thousiasme, ces prophéties bouillantes de verve
qui composent leur domaine poétique, furent
les sources sacrées, où les chantres d'Athènes
et de Rome puisèrent leur coloris. Tel, on
vit découler des dogmes immortels du culte
de Jehovah, ces préceptes des Socrate et
des Platon dont la sagesse devoit briller si
pure, à travers les impuretés du paganisme !

On a beaucoup agité la question de savoir
si la poësie est le résultat de la civilisation, ou
l'expression hardie d'une nature, quelque sauvage qu'elle puisse être, d'ailleurs. On a même
poussé le matérialisme du sentiment, jusqu'à
avancer que la poësie hébraïque n'étoit qu'une
harmonie nécessaire des imaginations orientales avec les feux du climat. Sans doute, il
est certaines formes de poëmes qui n'ont pu
éclore qu'au milieu d'une société policée; mais
la distribution sage et méthodique des idées,
l'atticisme du goût, la fleur du langage, sont-
elles les éléments nécessaires de cette poësie

qui enflamme le courage et qui improvise l'héroïsme? Pour moi, je voudrois que la poësie ne dépouillât jamais sa robe virginale, et je préférerai toujours aux poètes asservis par les règles et les principes, Moïse et Debora, David, Ossian (1). Homère créa un genre sans le savoir, il exagéra des exploits qu'on lui racontoit avec transport, et ses récits reçurent le ton d'une imagination fortement ébranlée, voilà ma justification. Le barde de la Grèce ne s'imaginoit guère, qu'un jour viendroit, où il plairoit à Horace et à Boileau de l'enfermer dans le cadre d'une poétique. Toute la poétique, c'est l'âme. Poètes, exagérez la nature comme Homère, enivrez-vous de ses inspirations, soyez enthousiastes et fougueux; mais n'oubliez jamais que la source de vos couleurs primitives est tarie, quand la na-

---

(1) Voyez Chants galliques d'Ossian.

ture physique elle-même, est défigurée par la main des hommes (1)! La poësie est le langage des enfants, comme la philosophie est celui des vieillards ; et je me ris des fabricants de vers qui croient se livrer au délire du Parnasse, dans un madrigal ou un sonnet, comme je me moquerois d'un peintre qui prétendroit imiter un tableau de Raphaël ou de Michel-Ange, d'après la caricature d'un barbouilleur d'enseignes. Il est plus aisé à la verve poétique de s'exalter à la vue d'un chêne couvert de mousse, brûlé dans son sommet, par la foudre, tandisque ses racines tortueuses s'étendent au loin, comme les serpents des forêts, qu'au milieu des savantes dispositions de Lenôtre et de

---

(1) On a un modèle de cette poésie qui vit de la nature inspirée, dans l'hymne au soleil de Carril (Ossian). Celui de Reyrac, en prose assez froide, n'approche point du premier.—Voyez *Mémoires sur la poësie naturelle*. (Recueil de l'Académie des Inscriptions et Belles-Lettres).

La Quintinie. Versailles est encore moins poétique pour nous, malgré les merveilles d'un
grand roi, que les créneaux de Rambouillet et
le donjon de Vincennes : le dôme de Sainte-
Geneviève ne deviendra inspirateur, que dans
dix siècles !

Mais, dira-t-on, quelle qualification don-
nez-vous à la poësie dramatique telle que l'ont
faite, Corneille et Racine, Crébillon et Voltaire?
J'appellerai ce genre sublime, de grands sentiments, des actions héroïques exprimés, dans
un langage pompeux et philosophique et asservis, néanmoins, à des règles fixes et invariables qui laissent un libre cours à l'élan de
la pensée, tout en le modérant dans ses écarts.
Mais, je soutiendrai toujours que ce langage
n'est pas même dans la nature inspirée. Jamais
les dieux ni les héros n'ont rendu leurs discours esclaves d'une mesure sévère, et je ne
sache pas qu'un assassin, en méditant un for-
fait, ait jamais rimé son monologue. En ré-

sumé, la poësie dramatique si noble et si majestueuse, appartient aux nations sérieuses et réfléchies, pour lesquelles la vertu est devenue une étude politique, et le crime une science pleine de détours et de profondeurs.

Ceux qui prétendent que la poësie ne doit être considérée, sous les zônes brûlantes, que comme une harmonie morale des hommes, avec le climat qu'ils habitent, n'ont, sans doute, jamais lu les ouvrages des Scaldes qui étoient les chantres scandinaves; ils n'ont jamais admiré les hymnes du vieillard de Selma et des bardes de la Calédonie (1). C'est du sein des neiges et des frimas que s'élevoient, près du golfe de Bothnie, ces accents plus doux que

---

(1) L'étymologie de Skald ou Skiald, vient du mot svégothique *skalla* ou *skialdre* qui signifie retentir. Ces Scaldes étoient regardés dans la Scandinavie, comme les dispensateurs de l'immortalité. Nourrie dans le culte d'Odin, leur éloquence étoit rude et farouche, quelquefois douce et légère.

les soupirs du rossignol, lorsqu'ils caressoient les charmes de l'amour, plus mâles et plus énergiques que les allocutions des héros de l'Iliade et de l'Énéide, lorsqu'ils excitoient le courage et la valeur des combattants (1). Ainsi, la poësie est de tous les pays, elle embrasse également le Nord et le Sud, l'Orient et l'Occident, le pin et l'olivier, les rochers affreux et les plaines fleuries, les cataractes tumultueuses et les ruisseaux limpides qui serpentent sous les cytises et réfléchissent, dans leurs ondes cristallines, un soleil toujours pur, un ciel toujours azuré.

---

(1) Voyez WORMIUS, *Litterat. runic.* — PELLOUTIER, *Hist. des Celtes.*—MONTBRON, *Recueil de poësies scandinaves.*—M. Fr. MARCHANGY, en sa *Gaule poétique.*

CHAPITRE VI.

Influence de la chevalerie, des croisades, du commerce, sur le développement moral de l'Europe.

« De même que les Croisades avoient apporté les romans orientaux en Italie, les guerres de Charles VIII et de Louis XII, transportèrent en France quelques germes de bonne littérature. François Ier, s'il ne fût point allé disputer le Milanois à Charles-Quint, n'eût, peut-être, jamais recherché le nom de père des lettres (1). »

(RAYNAL, *Hist. philos. et politiq.* tom. VII.)

COMMERCE.

Les grands exploits militaires et les communications commerciales sont généralement

---

(1) J'appelle, volontiers de l'opinion de l'abbé Ray-

regardés comme les mobiles puissants des
réactions intellectuelles chez les peuples. Les
hommes, dans la réunion de leurs idées et
le rapprochement de leurs forces, obtiennent
des effets auxquels ils n'auroient pu atteindre,
isolés et abandonnés à leurs propres moyens.
Mais pourquoi faut-il que ces armes de conquête se tournent bientôt contre eux, et deviennent des armes de destruction? « Ainsi,
dit un orateur, les arts de la pensée ne mon-
treront pas leur génie dans ces républiques
industrieuses et commerçantes, où la liberté
même n'est estimée que comme un instrument
de richesses, où le patriotisme n'est qu'un cal-

---

nal, relativement à ce qu'eût fait François Ier, sans sa
campagne du Milanois, pour la gloire littéraire de son
royaume. Raynal juge le roi-chevalier, comme il a jugé
la plupart de nos institutions. Mais ce qu'il y a de vrai,
c'est que souvent le hasard d'un combat a décidé de la
civilisation d'un peuple.

cul d'intérêt, où les plus grands sacrifices sont
des spéculations, plutôt que des vertus; on n'a
jamais vanté les orateurs de Carthage, on ne
connoît pas les orateurs de la Hollande (1). »

Excepté ce fameux Archimède qui a encore
laissé dans la physique moderne son nom et
ses expériences, et quelques historiens qui ne
manquent à aucune nation, quelles renommées
littéraires ont pris naissance à Syracuse? Carthage ne produisit que trois capitaines distingués, et l'égoïsme du négoce donna une preuve
mémorable de sa politique, lorsqu'il condamna
à mort un général malheureux qu'on auroit,
à Rome, remercié de n'avoir pas désespéré du
salut de la république (2). « Carthage devenue

---

(1) Voyez M. VILLEMAIN, discours prononcé à l'ouverture du cours d'éloquence.

(2) Le consul Terentius Varron avoit fui honteusement
jusqu'à Venouse : cet homme de la lie du peuple, n'avoit
été promu au consulat, que pour mortifier la noblesse ;

plus riche que Rome étoit aussi plus corrompue. Ainsi, pendant qu'à Rome les emplois publics ne s'obtenoient que par la vertu, et ne donnoient d'utilité que l'honneur et une préférence aux fatigues, tout ce que le public peut vendre aux particuliers, se vendoit à Carthage, et tout service rendu par les particuliers y étoit payé par le public (1). »

Barthélemy fait aussi remarquer que la gloire littéraire d'Athènes se corrompit sensiblement sous les successeurs de Périclès, parce que la dépravation amenée par le commerce y

---

mais le sénat ne voulut pas jouir de ce misérable triomphe. Il vit combien il étoit nécessaire qu'il s'attirât, dans cette occasion, la confiance du peuple, il alla au-devant de Varron, et le remercia de ce qu'il n'avoit pas désespéré du salut de la république.

(Voyez Polybe, lib. 7.)

(1) Voyez Montesquieu, *Grandeur et décadence des Romains*.

étoit devenue générale (1). Lorsque la capitale de l'Attique s'abandonna tout entière à ces spéculations souvent frauduleuses qui dégradent l'homme, en faisant prévaloir dans sa pensée, les richesses à l'honneur, la perfidie à la probité, la science du lucre à la science de bien vivre et de bien penser; déjà on n'y voyoit plus un Socrate parlant à l'esprit de ses élèves, en même temps qu'il parloit à leur âme, leur montrant, à-la-fois, le plus grand écrivain de l'antiquité, et l'homme le plus sage parmi tous les sages de la philosophie païenne; un Platon laissant, dans ses œuvres, un impérissable monument de ce désir immense qu'il avoit d'être utile et de contribuer au bonheur de tous, consacrant son éloquence à peindre les beautés de la vérité, le ravissement des cœurs religieux, les plaisirs que donnent les sentiments honnêtes, regardant le vice comme une

---

(1) Voyez BARTHÉLEMY, ouvrage cité.

maladie de l'âme, et déclarant qu'il vaut mieux être mort que malade ainsi ; enfin le sage ne s'écartant jamais de sa doctrine et de ses principes et ne cherchant d'autre gloire à ses conceptions, que celle de les avoir mises au jour pour le bien des hommes.

Cependant, si telle est l'influence déplorable du génie commercial, qu'il abrutit et dénature, à la longue, les sociétés humaines, il convient de reconnoître les bienfaits d'une semblable institution, tout en flétrissant les abus qui la déshonorent (1). C'est la corruption

---

(1) On m'a souvent cité l'Angleterre, comme offrant l'exemple de la compatibilité des lettres avec le commerce. Il faut être dénué des notions les plus simples de l'histoire, pour alléguer une semblable preuve.

On confond généralement, sous le nom de littérature angloise, tous les monuments littéraires de l'Écosse, et l'Écosse n'est point commerçante. D'ailleurs, la nation angloise ne commença à se livrer au négoce que vers le milieu du règne d'Élisabeth. Jusque-là, le commerce extérieur avoit été tout entier entre les mains des Juifs et

épidémique des hommes voués, la veille, aux
moyens pénibles qui doivent assurer les dé-

---

les opérations maritimes fort peu importantes, quant à ce
qui regardoit la partie mercantile, appartenoient exclusivement aux habitants des cinq-ports. Le reste de la
Grande-Bretagne ne s'en occupoit guère : l'impulsion littéraire y avoit été donnée avant l'établissement du commerce ; puisque Shakespeare avoit paru, et l'on devoit
principalement cette impulsion aux maisons religieuses
qui ne connoissoient, il est vrai, d'autre étude que celle
de l'histoire et de la controverse, mais qui n'en avoient
pas moins dirigé l'esprit de la nation vers la culture des
lettres. Il y avoit long-temps, aussi, que l'université
d'Oxford avoit été fondée.

L'Angleterre ne peut donc pas être présentée comme
une exception favorable aux progrès simultanés de la littérature et du négoce, puisque ce n'est guère que sous
le règne d'Anne, que cette nation devint réellement
commerçante et qu'à cette époque, non-seulement les
plus illustres écrivains anglois avoient déjà parcouru leur
vie littéraire, mais que l'Écosse faisoit partie de l'empire, que ses littérateurs étoient confondus avec ceux
des rives de la Tamise, et l'Écosse, nous l'avons déjà
dit, n'a jamais été un peuple de négocians.

bauches du lendemain , ce sont les vices et la
mauvaise-foi, l'ostentation ; la culture de l'esprit, la pureté du cœur oubliées dans les
sciences du libertinage et de l'ambition , qui
ramènent les mœurs barbares : et le commerce
n'en demeure pas moins le premier élément de
la prospérité et du bonheur des états. Lui seul,
en retrempant, sans cesse, le Nord dans le
Midi, l'Occident dans l'Orient, peut maintenir
un équilibre heureux entre les variations physiques et morales de tous les climats. Mais, exa-
minons de quelle utilité furent en Europe la
Chevalerie et les Croisades, pour l'avancement
de la civilisation.

CROISADES.

Considérées dans leurs rapports avec l'é-
mancipation littéraire de cette partie du
globe, où s'est fixée la civilisation moderne,
ces expéditions lointaines destinées à asseoir,
parmi les esclaves de Mahomet, le triomphe

de la croix, et à rendre l'antique Sion aux vrais
enfants d'Israël, produisirent des effets qu'on
n'avoit pu ni prévoir, ni attendre. Ces effets
sont encore plus remarquables relativement à
la France et aux contrées du Nord. La patrie
illustre des Virgile et des Cicéron avoit, il est
vrai, singulièrement dégénéré de sa classique
splendeur; mais elle nourrissoit encore quelques semences éparses des arts qui avoient
embelli le règne des premiers Césars. Avant
d'arriver en Palestine, il falloit traverser des
pays où fleurissoit l'agriculture, et où les lettres
conservoient quelque considération. On sait
que l'Italie étoit le rendez-vous général des
Croisés, et déjà Venise, Gènes, Pise, avoient
donné l'impulsion au commerce qui, dans la
suite, leur amena les merveilles de la Grèce.

A l'opposite des côtes de Sardaigne étoit
une ville qui pouvoit être regardée comme le
centre des sciences physiques. L'école de Salerne devoit sa célébrité et sa gloire aux rap-

ports multipliés qu'elle entretenoit avec l'A-
sie (1), et les Arabes qui, riches des découvertes des Grecs, s'adonnoient avec ardeur à
la philosophie, à la médecine, à l'histoire naturelle, à l'astronomie, à la poësie, et à qui,
enfin, il ne manquoit, dit Thomas (2), que
des orateurs, parce que, sous un despotisme
militaire ou religieux, on croit, on agit, mais
on ne persuade pas. Ces Sarrasins conquérants des nations, leur apportoient à-la-fois
des fers et des livres, la terreur et les lumières. On les voyoit affluer à Salerne, de
tous les ports de l'Orient, pour y trafiquer
avec les Occidentaux. Non loin de Salerne, sur
ce même rocher où saint-Benoît jeta les fondements de son ordre, s'élevoit Mont-Cassin,
où des moines solitaires et érudits s'occupoient

---

(1) Voyez les *Annales des Bénédictins.*—M. de CHOI-
SEUL, ouvrage cité.—M. MICHAUD, *Hist. des croisades.*
(2) Voyez THOMAS, *Essai sur les éloges.*

à copier les chefs-d'œuvre d'Athènes et de
Rome. Le traité de Cicéron *de Naturá Dei*,
Homère, Virgile, Horace, Ovide, Théocrite,
avoient été disputés par eux à la barbarie des
temps; voilà tout ce qu'ils possédoient du grand
naufrage dont ils avoient recueilli les restes;
mais c'en étoit assez pour éclairer les peuples!

On sent que les légions enthousiastes des
Croisés, commandées par des chefs hardis et
entreprenants, ne pouvoient traverser des
pays de mœurs, d'habitudes, de langues diverses, voir des lois, des institutions variées,
toute la pompe de l'ancienne Grèce, mariée
aux formes nouvelles de la Grèce chrétienne,
sans agrandir l'horizon de leurs idées et étendre le cercle de leurs connoissances. Semblables aux enfants qui essayent leurs yeux à
la lumière, leurs regards étoient pleins de
curiosité; ils vouloient tout savoir, tout apprendre. Les mœurs efféminées des Orientaux
adoucissoient leur caractère, sans le corrom-

pre ; ils comparoient les masses lourdes et grossières de leurs moutiers gothiques, aux galeries élégantes élevées sous les Constantins. En un mot, les impressions qu'ils avoient reçues étoient trop fortes, pour qu'elles pussent s'effacer de leur mémoire lorsqu'ils rentroient dans leur patrie.

Des relations commerciales s'établirent entre Smyrne et Marseille, Alexandrie et Gènes ; les cours des princes étalèrent plus de magnificence ; on s'écarta insensiblement de cette loi somptuaire publiée par Philippe-le-Bel qui enjoignoit à ses seigneurs *que nul ne devoit donner un grand mangier* (1). Il y eut plus de solennité et d'éclat dans les cérémonies religieuses ; le goût des aventures extraordinaires devint plus poétique et plus romanesque. L'ordre gothique

---

(1) Voyez DANIEL, *Hist. de France*. Recueil d'ordonnances de nos rois, tome III. — Règlement de Philippe-le-bel , an 1307.—SAINT-FOIX, *Essais sur Paris*.

imité des forêts primitives, singulier mélange des architectures du Nord et de l'Orient, prit un essor aussi élevé que la fin à laquelle on en réservoit la plus majestueuse ordonnance. Les cathédrales de Chartres, de Strasbourg, d'Orléans, d'Amiens, remplacèrent le vieux style qui avoit présidé à la construction de Saint-Germain-l'Auxerrois (1). Guy d'Arezzo inventa la musique à plusieurs parties, les lignes, la gamme et les syllabes *ut, re, mi*, etc. Les chœurs de musique parurent dans les églises et dans les monastères. Le moulin-à-vent, si utile dans les pays montagneux où manquent souvent les rivières nécessaires à la mise en mouvement des moulins-à-eau, nous fut apporté d'Asie. Les premiers bienfaits de cette avantageuse importation se firent sentir à Paris; un moulin-à-vent fut dressé sur le

(1) Voyez MONTFAUCON, *Monuments de la monarchie françoise.*

mont des Martyrs, et devint le modèle de tous
ceux que nous voyons aujourd'hui, en France.
La boussole qui apprend au nautonier à se
diriger au milieu de la nuit et des tempêtes,
dut aussi son invention à l'élan irrésistible
communiqué à l'intelligence et à la réflexion.
Les Universités (1), ainsi nommées de l'univer-
salité, ou plutôt de la multitude des sciences
qu'on y enseignoit, commencèrent à prendre
une forme régulière, et le grand nombre d'é-
tudiants qui y arrivoient de toute part, dépo-
soient de la fermentation morale qui se faisoit
sentir dans toutes les têtes (2). Déjà, les hommes
avoient appris qu'il existe d'autres professions
honorables au-delà du métier des armes. A
l'exemple des princes arabes, saint-Louis ré-

---

(1) Voyez Dom Rivet, *Histoire littéraire de la France*.

(2) On enseignoit, dans ces universités, les quatre facultés, c'est-à-dire, la théologie, les lettres, la médecine
et la jurisprudence.

solut de former, en France, une bibliothèque immense (1) consacrée à l'usage public. Les Sarrasins d'Asie firent connoître aux Croisés la métaphysique d'Aristote qui, malgré les abus qu'elle engendra, exerça néanmoins utilement des esprits grossiers et matériels. La géographie, l'histoire, firent des progrès étonnants. Ville-Hardouin, Joinville, n'étoient certainement pas des écrivains sans mérite (2). On croit aussi que ce fut à cette époque que nous empruntâmes des Arabes, les caractères numériques dont ils se servoient et qu'ils avoient eux-mêmes reçus des Indiens (3). Leclerc fait remarquer (4) que les médecins qui suivirent les Croisés en Palestine, eurent occasion de

---

(1) Voyez *Annales du règne de St.-Louis.*

(2) Voyez M. de CHOISEUL-D'AILLECOURT, ouvr. cité. —M. LORIQUET, *Abrégé de l'hist. de France.*

(3) Voyez *Annales des Bénédictins.*

(4) Voyez LECLERC, *Histoire de la médecine.*

9

connoître les ouvrages arabes qui étoient tous
conçus d'après la doctrine de l'immortel vieillard de Cos, et du praticien de Pergame. Nous
allons dire quelle fut l'origine de la renommée
immense dont a joui, en Europe, l'école de
Montpellier.

Les médecins françois qui avoient suivi les
nobles bataillons de la croix, pour réparer,
par leurs soins consolateurs, les maux inévi-
tables de la guerre, et mêler leur charité
douce et compatissante à la gloire des héros,
voulurent, en rentrant sur le sol de la patrie,
choisir une situation et un climat pareils à
ceux de Salerne (1), pour y fonder l'institution florissante qui honoroit cette antique cité.

———————————

(1) On sait que du temps de saint-Louis, la mer s'a-
vançoit beaucoup plus avant dans les terres qu'elle ne le
fait aujourd'hui. AIGUES-MORTES où le roi saint s'embar-
qua, est actuellement placé à une certaine distance de la
Méditerranée; ainsi, Montpellier se seroit trouvé, à cette
époque, beaucoup plus voisin des flots.

Montpellier fixa leurs vœux généreux : ce fut
là où ils enseignèrent la science sublime par
laquelle on arrache l'humanité souffrante aux
douleurs et à la mort. Encouragés par la protection d'un gouvernement tutélaire, ils de-
vinrent les premiers patriarches de cette longue filiation d'asclépiades qui, jusqu'à nos
jours, se sont transmis, sans interruption, les
mêmes droits à l'estime du passé et à la gratitude de l'avenir. Oui, l'école de Montpellier
est encore forte des leçons du temps et de
l'expérience ; aussi ferme dans son éclectisme
médical, qu'inviolable dans ses dogmes politiques, enrichie des découvertes nouvelles
qu'elle n'a pas embrassées avec la témérité de
l'enthousiasme, mais dont elle a confié l'examen à sa sagesse calme et méditative, elle a
entendu le choc des doctrines contradictoires
qui ont agité les sectes, comme les orages tumultueux de ces révolutions qui touchent à
la stabilité des empires : cette école, fille des

Croisades, est encore sans échos pour les
passions humaines : tel, les mœurs efféminées d'Athènes se répandoient dans le Péloponèse, sans corrompre Lacédémone !

Avant saint-Louis, les hôpitaux n'avoient
été que des lieux infects, où les malades en-
tassés pêle-mêle, rencontroient promptement
le trépas, au milieu de toutes les réactions
critiques du principe vital. En vain, les secours
d'un art encore incertain et systématique
étoient-ils prodigués à ces malheureux; c'étoit
des vices fondamentaux de disposition locale
et de régime thérapeutique qu'il falloit saper.
Après les Croisades, on vit s'élever peu-à-peu
ces asiles des infirmités humaines à cette amélioration que nous admirons aujourd'hui (1);
et l'honneur d'alléger les maux du corps, en
calmant les afflictions de l'esprit, devint la
récompense d'hommes aussi vertueux qu'éclai-

(1) Voyez PEYRILHE, *Hist. de la chirurgie.*

rés. Ainsi, si les Croisades dépeuplèrent l'Occident de seigneurs quelquefois rebelles et
turbulents, elles ramenèrent dans nos contrées
les moyens précieux de prolonger ou de rendre
la vie, et d'en embellir les loisirs par les sciences
et les lettres. Mais, une institution singulière
dont l'origine se perd dans les souvenirs de
Roncevaux, et qui expira tout entière avec
le grand cœur de Bayard, doit actuellement
appeler notre attention.

CHEVALERIE.

La chevalerie (1) opéra, dans les mœurs
européennes, des modifications qui se sont
perpétuées jusqu'à nous. Long-temps, le gouvernement féodal n'avoit été qu'un état de
vexation pour les peuples, de guerre et d'inquiétude pour les rois. Occupé, sans cesse, à

---

(1) Voyez ROBERTSON, introduction à l'*Histoire de
Charles-Quint.*

réprimer l'ambition des grands vassaux, et à opposer une digue à leurs envahissements, le trône n'avoit ni force intérieure, ni considération au dehors. L'industrie de cette portion si essentielle de la société, de ce peuple enfin qui n'a jamais été féroce que par la férocité de ses maîtres, étoit contrainte dans ses efforts, et la classe orgueilleuse des nobles ne dépouillant jamais, au sein de la paix, les attributs de la guerre, ne comprenoit pas qu'un gentilhomme pût être autre chose que chasseur, dans le silence de la vie domestique. Il étoit alors de la dignité d'un homme de condition, de ne paroître dans les villes, qu'avec des meutes nombreuses, et de rendre son ignorance même, un objet de déférence et de respect (1).

Mais, cette noblesse primitive qui nourrissoit dans son cœur tant de germes précieux de générosité, devoit bientôt se dévouer au bon-

---

(1) Voyez MABLY, *Observations sur l'hist. de France.*

heur des hommes qu'elle avoit si long-temps écrasés. Le sang des Germains s'étoit peu-à-peu adouci et épuré dans leur descendance, et les *farons* (1) n'ayant conservé de leurs pères, que la valeur et la force corporelle, voulurent appliquer ces avantages au profit des peuples. Ils se déclarèrent les protecteurs intrépides de la foiblesse et de l'innocence. Telle fut l'origine de la chevalerie, quand les Infidèles eurent entièrement reconquis la Terre-Sainte. L'honneur et la justice étoient les caractères distinctifs du chevalier, comme le heaume, l'écu, le haubert, formoient son armure défensive. Le christianisme qui se mêloit, alors, à tous les sentiments et à toutes les passions (2), exaltoit prodigieusement l'enthousiasme de ces braves et leur imprimoit ces vertus

---

(1) C'est l'origine du mot *baron*. (Voyez de la ROQUE, *Traité de la noblesse*.)—M. LORIQUET, (ouvrage cité.)

(2) Voyez ROBERTSON, ouvrage cité.

sans calcul et sans politique qui sont leurs plus beaux titres de gloire. Cette association de nobles aventuriers donna des exemples de générosité aussi sublimes que ceux de l'antique philosophie ; et peut-être, celle-ci n'a-t-elle jamais autant prêché de bienveillance et d'humanité pratiques (1).

On sent quelle influence heureuse dut exercer sur la renaissance des lettres, le tableau de cette philosophie vraie du moyen-âge. Dans les républiques anciennes, au milieu des monuments du génie, la violence et la férocité ajoutoient quelquefois aux horreurs de la guerre ; un capitaine ne se montroit pas toujours aussi magnanime dans la victoire, que ferme dans les revers ; mais les mœurs modernes reçurent du christianisme et de la che-

---

(1) Combien cette philosophie usuelle qui s'applique aux bonnes actions, prévaut sur les systèmes de l'esprit humain!

valerie, les couleurs nouvelles qui les distinguent si éminemment des mœurs grecques et romaines. D'abord, des peuples grossiers ne pouvoient admirer des perfections dont ils ignoroient le besoin et l'utilité; mais dès qu'on eut éprouvé les premiers effets d'une révolution qui rendit à une grande partie de la nation, l'indépendance de la raison (1), dès qu'on eut reconnu et apprécié les avantages de l'ordre et de la stabilité, les hommes se livrèrent à des recherches insolites, et les jouissances de l'esprit furent préférées aux voluptés des sens. Mais, pourquoi des disputes vagues et spéculatives, des subtilités ténébreuses, furent-elles les seuls tributs de l'essor intellectuel ?

Nous avons remonté aux causes des pro-

(1) Voyez l'abbé de MABLY, *Observations sur l'histoire de France.*

grès de l'entendement humain, dans l'Europe
moderne ; voyons maintenant, ce que fit le
seizième siècle, pour le siècle de Bossuet.

CHAPITRE VII.

Symptômes avant-coureurs des grands siècles, tirés de l'état de l'Europe, au seizième.

« Je suis, dans leur essor, nos devanciers célèbres,
Météores brillants, nés du sein des ténèbres,
Qui, seuls et soutenus par leurs propres travaux,
Marchèrent dans la nuit sans guide et sans rivaux. »

(X. B. Saintine, *La renaissance des
lettres et des arts.*)

Au siècle des héros invulnérables, succède celui des lois et de toutes les grandes institutions politiques. La gloire militaire qui, jusque-là, n'avoit été que l'élan impétueux du cou-

rage, le sentiment exalté d'un patriotisme farouche enfantés par la prépondérance du
système organique sur la vie morale, devient
le prix d'une ambition calculée et réfléchie,
des combinaisons d'une tactique habile. La
tente du général s'ouvre à la méditation, et la
victoire est souvent la récompense du génie.
Les vainqueurs de Salamine et de Marathon
remplacent les aventuriers de la Troade. Chez
toutes les nations, cette époque de leur développement intellectuel est marquée par des caractères fortement prononcés. Les institutions
primitives sont appropriées à des mœurs nouvelles ; l'intérêt d'une vaste famille réclame
des améliorations importantes dans les formes
et les bases de la justice.

Si la philosophie qui aime à embrasser dans
ses regards dominateurs, les phases et les progrès
de l'esprit humain, vouloit choisir, dans les annales des peuples, une époque solennelle qui lui
présentât à-la-fois, et ce concours de grands

événements qui accoutument les hommes à des
impressions fortes et durables, et ce mouvement général d'impatience et de curiosité,
avant-coureur des découvertes importantes,
et cette alliance heureuse de la force physique aux efforts de l'intelligence, sans laquelle la raison languiroit encore dans les fers,
et cette réunion de circonstances qui couron-
nent du succès les entreprises hardies et périlleuses, et ce juste tempérament dans lequel
la liberté règne sans licence, la valeur sans
témérité, la religion sans politique, la politique sans détours, l'érudition sans libertinage
d'esprit, et enfin, cette fermentation bouillante
dans toutes les têtes, cette lutte entre les souverains, de grandes choses et de grands exploits suivis de grandes pensées et de grands
changements politiques ; c'est dans le tableau
de l'Europe au seizième siècle, qu'elle devroit
chercher ces longues convulsions de l'enfan-
tement littéraire.

Ici, les Basilides arrachent leur patrie au joug terrible des Tartares ; là, Gustave Vasa délivre son pays et reçoit la couronne en hommage de gratitude. L'Espagne, l'Italie, l'Allemagne, retentissent des victoires de Charles-Quint ; lui seul semble devenir l'Atlas de l'Europe. En France, c'est un François Ier qui se couvre de gloire dans ses triomphes et dans ses défaites, et fait respecter la dignité d'un noble vaincu. Ce grand-homme écrit à Florence pour attirer dans sa capitale les artistes encouragés par les Médicis, en même temps qu'il écrit à sa mère : « Nous avons tout perdu, fors l'honneur ».

Le Nouveau-Monde est découvert, le commerce s'établit entre les Indes-orientales et l'Europe. Naples, Venise, Florence, Ferrare, deviennent le séjour des lettres ; les villes de la Flandre s'applaudissent de ne plus appartenir à la maison de Bourgogne : elles ont changé de joug ; mais elles ont rencontré sous celui de Charles - Quint, l'influence d'un roi ami de tous les arts qui contribuent à la prospérité des peuples. L'industrie manufacturière peuple Lyon, tandis que l'antique colonie des Phocéens s'enrichit des productions du Levant. Francfort, Nuremberg, Ausbourg, répandent dans les contrées du Nord les trésors de l'Asie. L'abeille attique revit dans Guichardin ; le cardinal Bibiena ranime la comédie d'Athènes, dans l'Ausonie de Léon X, et Trissino, archevêque de Bénévent, les tragédies de Sophocle et d'Euripide. Le plus fougueux historien de l'Italie, Machiavel, met au jour cette *Mandragore* qui vaut peut-être mieux que toutes les pièces d'Aristophane, tandis que le Tasse dans l'*Aminta*, et le Guarini dans le *Pastor fido*, font revivre ce genre de la pastorale qui aura toujours tant de charmes pour les cœurs tendres et sensibles.

L'Angleterre obéissoit alors, à un souverain despote et cruel ; mais la direction nouvelle qu'il imprima à la politique, les changements qu'il introduisit dans toutes les branches de l'administration, concoururent à développer, dans le peuple anglois, ce besoin d'études et de réflexion, qu'il appliqua bientôt aux sciences et aux lettres. Falloit-il donc, nous le répétons, que ces premiers essais du génie fussent noyés dans les querelles de religions, et que la chaîne toujours ascendante des progrès littéraires et moraux, fût quelque temps interrompue(1), jusqu'à ce que Louis XIV rassemblât, à lui seul, tous les lauriers et toutes les gloires! Bientôt, ces restes de fanatisme,

---

(1) Voyez Robertson, introduction à l'*Histoire de Charles-Quint*, relativement au mélange des premiers efforts intellectuels avec de vaines disputes théologiques. — Machiavel, en son histoire. — Voltaire, *Essai sur les mœurs des nations*.

Singulière condition du génie! A peine est-il affranchi de ses fers, qu'il essaye sa liberté dans de nouvelles chaînes qu'il s'impose à lui même. Combien d'erreurs il doit traverser, avant d'arriver à la vérité!

dernières ombres d'une nuit de douze siècles,
se dissipèrent à l'approche de l'astre éclatant
qui devoit éclairer un si vaste horizon.

CHAPITRE VIII.

Du goût.

Quod sentitur latente judicio, velut palato.
(QUINTIL. lib. 6, cap. 3.)
Il faut avoir de l'âme, pour avoir du goût.
(VAUVENARGUES.)

IL seroit difficile de tracer du goût une dé-
finition exacte et précise. Cependant, il doit
être regardé comme une fleur de discernement
qui révèle à des hommes privilégiés les beautés

10.

vraies des productions de l'esprit. Comme la
législation du goût s'exerce principalement sur
les travaux de l'imagination, il convient de
nous étendre sur le double caractère de cette
reine auguste des lettres et des arts.

Il y a, pour ainsi dire, deux sortes d'imaginations. « L'une (1), impatiente et enthousiaste
compose ses inspirations dans des proportions
toutes métaphysiques, exagère tous les sentiments, s'abandonne sans réserve à des rêves
chimériques destinés plus à charmer qu'à instruire notre exil. De ces descriptions séduisantes qui ont tant de prix aux yeux des peuples privés de la réalité d'une belle nature ou
de ceux dont la vie intellectuelle est soumise à
l'influence d'une atmosphère embrasée, s'est
formé ce genre de littérature qui a reçu chez
les modernes le nom de *romantique.* Toujours

---

(1) *Lettre à une Académie de province, sur l'école romantique,* par Joseph Bard.

sombre et mélancolique, il se complaît dans les idéalités d'une nature vaporeuse, et aime à ramener, sans cesse, l'âge présent aux scènes souvent fictives que le voile des siècles dérobe à nos regards. Vague dans ses espérances, comme dans ses souvenirs, dans ses regrets, comme dans ses consolations, la littérature *romantique* ne définit rien sur la terre.

« L'autre, semblable à la nature qui se révèle aux sens, conserve à cette fille céleste ses formes virginales, traduit tous les soupirs, tous les vœux, toutes les pensées, en tableaux gracieux et brillants, reproduit par des peintures ingénieuses les images qui l'environnent, et emprunte à leur coloris vrai, ces nuances légères et gracieuses, imposantes et sévères dont les poètes classiques embellissent leurs récits. Amie du merveilleux, la littérature de Virgile et de Racine, en justifie l'emploi, par l'intervention des puissances éthérées, et la part de la nature est gardée. »

Il faut donc, pour se faire du goût une idée juste et rationnelle, supposer aux hommes appelés par leur conformation morale, à s'approprier les tableaux du monde, ou à en juger l'application, un sentiment heureux, par lequel ils comparent la nature imitée avec la nature positive, une harmonie intellectuelle qui se met en rapport avec toutes les idéalités raisonnables. C'est le goût que les hommes apportent en naissant, avec l'organisation littéraire; car, dit un jeune académicien, ce sentiment est bien plus sûr pour juger, que la méditation (1). Le goût est susceptible de s'épurer et de se mûrir par l'étude et la réflexion : il se communique aux mœurs publiques et aux arts qui en sont l'expression. On sait que Paul-Émile, après la conquête de la Macédoine, ayant donné une fête magni-

---

(1) Voyez M. Villemain, Discours prononcé à l'ouverture du cours d'éloquence, octobre, 1822.

fique à toute la Grèce, et ayant remarqué qu'on en trouvoit l'ordonnance plus élégante et plus belle qu'on n'avoit droit de l'attendre d'un homme de guerre, répondit : « Vous avez tort de vous étonner. Le génie qui apprend à bien ranger une armée en bataille, préside également à la distribution d'une fête (1) ».

---

(1) Voyez ROLLIN., ouvrage cité.

CHAPITRE IX.

Gloire et Décadence des lettres.

« Dans l'éloquence, dans la poësie, dans
la littérature, dans les livres de morale et
d'agrément, les Français furent les légis-
lateurs de l'Europe. »
(Voltaire, *Siècle de Louis XIV*.)

« Quare aliàs sensus audaces et fidem egressi
placuerint, aliàs abruptæ sint sententiæ et
suspiciosæ, in quibus plus intelligendum
est quàm audiendum : quare aliqua ætas
fuerit, quæ translationis jure uteretur in-
verecundè. »
(Senec. epist. 114.)

AINSI, les conquêtes et le commerce, les
victoires et les défaites, l'esclavage et l'impatience des chaînes, les migrations des hommes
vers d'autres climats, le mélange des indivi-

dus, amenèrent l'ardeur des recherches, et celle-ci, l'ère la plus glorieuse pour le génie , celle où il ne produit que des chefs-d'œuvre dans tous les genres soumis à ses investigations. C'est le siècle de Louis XIV dans toute sa sérénité : lorsque Corneille et Racine fixoient la tragédie, Despréaux les règles invariables du goût, que la voix des Bourdaloue et des Mascaron tonnoit dans la chaire évangélique, que l'aigle de Meaux s'immortalisoit dans l'histoire, en même temps qu'il immortalisoit ses héros, dans ces oraisons funèbres qui sont devenues les modèles du genre ; qu'il dictoit aux potentats de la terre des leçons sévères, mais aussi profitables à leur propre félicité, qu'à celle de leurs peuples , que Fénélon nous léguoit un poëme immortel, dans une prose toujours élégante et noble ; que La Fontaine illustroit une carrière où l'on n'avoit remarqué que deux hommes, avant lui (1), et la fermoit, sans re-

_____

(1) On connoît la qualification que donnoit au *Bon-*

tour, à ses successeurs ; que Molière peignoit avec cette supériorité de talent, cette éloquence de vérité inimitables pour tous les nourrissons dégénérés de Thalie, les vices et les ridicules de la société au milieu de laquelle il vivoit, depuis la gravité pédantesque des médecins, jusqu'à la suffisance ignorante des marquis ; que Montesquieu commençoit une éducation qui devoit nourrir de si grandes pensées, que d'Aguesseau formoit ce cœur que la France trouva si fécond en vertus ; que les Lamoignon, les Letellier, honoroient la magistrature de leur vigilance, de leur intégrité et de leurs talents ; que Labruyère reprochoit à sa plume ces caractères pleins de vérité qui sont ceux de la nature humaine, lorsqu'elle est façonnée à l'état social ; que Larochefoucauld traçoit ces maximes aux-

---

homme, une dame de beaucoup d'esprit. Mme de la Sablière appeloit LaFontaine, le *Fablier*.

quelles on n'a rien ajouté ; en un mot, que la
France, réfléchissant sur la moitié de la terre,
l'éclat du génie, des institutions et des armes,
s'enorgueillissoit de fleurir encore par toutes
les vertus des temps anciens.

DÉCADENCE.

Mais hélas ! pourquoi les révolutions physiques qui changent, tout-à-coup, la face du
globe, sont-elles aussi réservées à l'empire de
la pensée et de l'imagination ! Ses victoires
ne pourront donc jamais être durables, il ne
pourra donc jamais compter sur ses conquêtes, et ses plus belles fleurs devront toujours se flétrir ! Triste et pénible vérité ! A-
peine arrivé à ses plus hautes conceptions,
l'entendement s'émousse et s'affoiblit. Les besoins de l'espèce humaine se sont étendus
d'une manière effrayante, à l'aide d'une civilisation renforcée qui traîne à sa suite des arts

frivoles et souvent dangereux. Les couleurs
fades et apprêtées du bel-esprit ont succédé
aux teintes mâles et énergiques du génie créateur. La peinture ne représente plus que des
actions mesquines et rétrécies, légères et séduisantes ; l'architecture a perdu toute sa majesté ; la musique a pris un caractère efféminé,
et au lieu d'éveiller le courage, elle l'énerve
dans les plaisirs des sens externes. Le langage,
auparavant plein de dignité n'est plus qu'un
assemblage de périodes artistement combinées,
de tours soigneusement enchaînés, de mots
sonores et souvent vides de sens (1). Une
troupe d'imitateurs qui se disent initiés aux
secrets de l'éloquence et du sentiment, s'atta-
chent bien moins à découvrir quelque idée
neuve, à mettre au jour quelque vérité utile,
à manier un sujet encore brut et ingrat, qu'à
copier servilement les modèles de leurs devan-

---

(1) Voyez SÉNÈQUE, ouvrage cité.

ciers, en les affublant d'épithètes et de péri-
phrases redondantes. Chacun veut instruire ou
réformer ses semblables, soumettre l'imagination à des règles froides et stériles, comme si
Homère et Milton, le Camoëns et le Tasse
avoient circonscrit leurs inspirations dans les
cadres étroits d'une poëtique, et adapté leurs
récits à des formes imaginées long-temps après
eux, par des maîtres désespérés de ne pouvoir
atteindre au grandiose de leurs conceptions.
Cependant, jamais les écoles n'ont été aussi
multipliées, jamais les hommes-de-lettres n'ont
été environnés de témoignages plus flatteurs
de la considération publique; jamais, les inven-
tions du luxe n'ont offert plus de charmes et de
commodités à l'opulence. Toutes les classes de
la société veulent se précipiter, à-la-fois, dans
la lice, pour y recueillir des palmes et des
encouragements. L'ambition du pouvoir ou
de la renommée a passé dans tous les rangs
On se torture l'esprit, pour enfanter des cor

positions monstrueuses d'emphase et d'affectation. Mais, tous ces symptômes sont ceux
d'une décadence littéraire et morale. L'instruction des hommes n'est plus qu'une branche
vénale d'industrie, d'autant plus sûre, que leur
avidité pour le bel-esprit, est devenue plus générale. Ce n'étoit pas pour augmenter leur fortune, que Zénon et Anaxagore formoient des
disciples tels que Périclès, mais bien, pour
enrichir l'état de citoyens vertueux et éclairés.

Les mœurs long-temps épurées au creuset
de la civilisation, se corrompent et s'avilis-
sent ; la jouissance d'une liberté honnête fait
place aux rêves de la licence et de la démago-
gie. Ce même peuple qui avoit senti le besoin
de s'imposer des lois, est tourmenté de la
soif de les détruire. Le vice semble étaler son
plus hideux spectacle, là où croissoient l'honneur et la probité. Déjà, une confusion horri-
ble est le résultat du dérèglement des idées.
Quelques philosophes, à la vérité, ont bien

soutenu, pendant quelque temps, l'édifice rui-
neux de la raison ; mais ils ont été bientôt
écrasés par sa chute, et les traditions sublimes
de la morale et du goût, ont été ensevelies
avec eux dans l'abîme effroyable creusé par la
barbarie, pour en être, peut-être, après de
longues années, évoquées par des sages. Les
sages prévirent tout ce désordre ; mais les
sages sont-ils crus dans ces temps d'emportement (1)? . . . .

Tel est le sort des plus beaux siècles, des
plus belles institutions, de ces monuments augustes de la perfectibilité humaine. Que sont
devenus ces fameux tribunaux d'Égypte, ces
épreuves tumulaires où la justice ne transi-
geoit jamais avec les passions ? et cet aréopage
de la Grèce qui, dans la gravité de ses sentences, cherchoit toujours à reconnoître l'inno-

---

(1) Voyez BOSSUET, *Oraison funèbre de la reine d'Angleterre.*

cence, pour faire tomber sur le crime tout le poids de la flétrissure ?...... Tout passe dans le monde, la civilisation et la barbarie, l'opprobre et la vertu, les lettres et l'ignorance, les palais et les chaumières ; et ce n'est pas en vain que l'Ecclésiaste a dit : *vanitas vanitatum et omnia vanitas* (1)! Cette époque de déchéance, où les puissances de la vie immatérielle semblent exilées pour toujours, du milieu des peuples, avoit frappé, et la ville d'Auguste, et cette capitale élégante, l'orgueil des Hellènes, et la Rome Pontificale. Époque de stérilité dans l'imagination, de perfidie dans la politique, de bassesse et de dissimulation dans le caractère, époque plus dangereuse encore, que celle où la vengeance n'empruntoit pas les dehors trompeurs de la loyauté, et où les crimes étoient bien moins enfantés par la cupidité et la dépravation, lèpres hideuses des sociétés

---

(1) Voyez le livre de l'*Ecclésiaste*, chap. 1, verset 2.

usées, que par l'aveuglement et la barbarie.

En montrant l'écueil fatal contre lequel sont venues se briser toutes les nations qui ont eû leur apogée de gloire littéraire, c'est-à-dire, cette décrépitude inflexible qui étendit son voile sombre, dès les règnes d'Alexandre et de Tibère ; nous avons peut-être, bien involontairement sans doute, reproduit quelques traits du tableau qu'offrit notre France, au dixhuitième siècle : siècle plein d'orages qui, dans ses derniers jours, auroit si profondément enseveli tous les vieux dogmes du bon-goût, tous les vieux principes de prudence et de raison, auroit enfin porté aux mœurs publibles un coup si meurtrier, que la patrie des preux ne se fût probablement jamais relevée de son abjection, si le rétablissement des lois, des croyances, du gouvernement légitime n'avoit amené celui des lettres, et ouvert une école nouvelle (1), qui a déjà donné des gages de

_____

(1) Nous ne voulons point parler ici de l'école *roman-*

ses forces et préludé glorieusement à son avenir, en s'attachant invinciblement au culte de
l'antiquité et du siècle de Louis-le-Grand.

Rouille de la dégradation, contente-toi d'a-
voir souillé tant de mines fécondes que nous
avions revivifiées : Babylone, Memphis, ...

. . . .

. . . .

elles brillèrent de jeunesse et de vigueur, tu
les as dévorées ! Athènes, Corinthe et toutes
les villes célèbres de l'Asie-Mineure , ...
tu as rongé leur gloire ! l'Italie s'est parée deux
fois des arts du Péloponèse, tu ne lui en as rien
laissé ! . . . . Épargne donc, au moins,
cet héritage moral défriché par François Ier,
et couvert de prospérité et de magnificence,
par le triomphateur de Lille et de Tournay.
Les regards attendris de ses enfants se repor-
tent, sans cesse, vers leur auguste bienfaiteur.

tique; mais bien de celle des Bonald, des La Mennais, des
Maistre, etc.

11.

Jamais, les nombreux amis des lettres n'ont
entretenu un commerce plus intime avec la
grande famille qu'il rallia autour de ses lauriers, comme pour en tempérer l'éclat. Jamais,
ils n'ont salué d'un hommage plus pur ces
philosophes qui ont honoré l'espèce humaine
par leurs vertus, autant qu'ils l'ont instruite
par leurs pensées ; et si quelques novateurs
hardis, quelques dogmatiseurs insolents et
pervers essayent de faire prévaloir leurs opinions extravagantes et hasardées sur les principes des Fénélon et des Racine, de la même
manière qu'ils voudroient substituer un néo-
logisme ténébreux, à la langue de ces grands-
hommes ; que l'exemple d'une majorité imposante de bons esprits, de citoyens droits et
judicieux, fasse triompher les bonnes-lettres,
et ramène invariablement leurs ennemis dés-
armés aux règles immuables du goût, comme
aux sentiments indélébiles de la franchise et
de la justice.

Malgré les progressions bien prononcées que nous venons d'examiner dans la marche de l'esprit humain, il ne faut pas croire que ces phases soient susceptibles d'être divisées avec une exactitude rigoureuse. Tout se lie, dans la nature ; c'est-à-dire, qu'on ne sauroit assigner d'une manière absolue le commencement d'un siècle nouveau et la fin de celui qui l'a précédé, littérairement parlant. Quand on cite les grands-hommes que Périclès encouragea de sa munificence, il en est aussi plusieurs qui appartiennent à la vie publique de Thémistocle, ou d'Aristide, comme Virgile fut le lien de deux empires, comme le grand Corneille, après avoir assisté aux derniers moments de Richelieu, vécut encore assez, pour contempler l'aurore du plus bel âge dont puisse s'enorgueillir l'intelligence humaine. Car cet âge est, selon Voltaire, celui qui approche le plus de la perfection, enrichi qu'il étoit de toutes les

découvertes et de toutes les conquêtes des nations anciennes (1).

---

(1) Voyez VOLTAIRE, *Siècle de Louis XIV.*

CHAPITRE X.

Coup-d'œil général sur la philosophie.

« J'ai appliqué mon cœur pour connoître
la prudence et la science, les erreurs
et l'imprudence, et j'ai reconnu qu'en
cela même, il y avoit bien de la peine
et de l'affliction d'esprit. »

(*Ecclés.* chap. 1, vers. 17, trad. de
Lemaistre de Sacy.)

VANITÉ DES RECHERCHES MÉTAPHYSIQUES.

Qu'est-ce que l'intelligence, quelle est sa
nature, son origine? Peu de questions ont été
aussi violemment débattues, et il est peu d'é-

crivains qui les aient abordées avec des intentions pures, ou dégagées de tous les préjugés
de l'école. Trop souvent, le désir de mettre
au jour des opinions neuves et hardies, celui
d'insulter à des croyances respectables, ont
égaré la plume des métaphysiciens, et le plus
grand nombre d'entre eux ne nous a transmis
que des rêves ou des paradoxes.

Ce fut toujours après les conquêtes brillantes
de l'imagination, je dirois presque, en face de
leur tombeau, que les peuples s'accoutumè-
rent à disserter froidement sur le principe de
leur existence et de tous les phénomènes qui
s'y lient (1). C'est, à cette époque de stérilité,

---

(1) Nous ne voulons point, ici, bannir du domaine des
connoissances humaines, les siences qui se bornent à clas-
ser les phénomènes de la vie physique, à les étudier dans
leurs résultats, leur application ; mais nous regarderons
toujours comme superflus les efforts des psycologues qui
voudront remonter aux principes finaux et qui préten-

qu'on vit des novateurs impatients, la plupart dépourvus, et de ces connoissances positives (1) qui ouvrent la voie aux grandes
découvertes, et de cette profondeur de pénétration qui va droit à la vérité, l'embrasse
sous toutes ses formes, la saisit dans toutes
ses analogies, et de cette sagacité de discernement qui la développe en silence et la pro-
clame avec réserve, et enfin de cette indépendance de toutes préoccupations, de cette
loyauté de caractère, sans lesquelles l'esprit
humain ne rencontre qu'abîmes et mensonges,
s'ériger en réformateurs des nations, s'imposer
la tâche ambitieuse de déraisonner avec arro-
gance et de plonger leurs ignorants sectaires,

---

dront disserter sur les causes, comme ils dissertent sur les
effets.

(1) Nous voulons parler de la physiologie. Cette science
de l'homme vivant est, quelquefois, une sauve-garde contre les égarements de la métaphysique. Mais, aussi, qu'il
est facile d'errer, en concluant de la matière !

ou dans la stupidité de l'admiration, ou dans
les ténèbres du matérialisme, ou dans la per-
plexité des hypothèses les plus contradictoires.
« Ainsi, péchant toujours dans la forme, et
ordinairement dans le fond, voulant faire
voir leur pénétration qu'ils auroient pu si bien
montrer dans tant d'autres affaires qui leur
étoient confiées, ils entreprirent des disputes
vaines sur la nature de Dieu qui se cachant
aux savants, parce qu'ils sont orgueilleux,
ne se montre pas mieux aux grands de la
terre (1) ». Mais, au lieu de se livrer avec tant
d'ardeur à la recherche de causes finales qui
déjoueront toutes les conjectures, tant que la
force procréante de toutes ces causes secon-
daires ne nous aura pas initié aux secrets de
sa puissance et de ses volontés; les dogmatiseurs de tous les temps eussent peut-être bien
mieux servi le bonheur général qui sembloit

---

(1) Montesquieu, ouv. cit.

devoir être l'objet et la récompense de leurs
veilles, en s'efforçant de rectifier le jugement
des hommes altéré par les séductions du luxe
et les vices avant-coureurs de la décadence,
en leur présentant la vertu dans la simplicité
et la candeur de ses antiques patriarches. Ils
auroient, je crois, obtenu des triomphes bien
plus précieux, en leur montrant le domaine
immense que la pensée peut soumettre à ses
lois, qu'en leur apprenant, par un exemple
contagieux, à disserter sur l'origine du souffle
intellectuel, et sur la main invisible qui l'a
envoyé sur la terre, comme son plus bel ouvrage. Pourquoi les hommes préjugent - ils
toujours si favorablement de leurs forces et
de leurs moyens? n'en connoîtront - ils donc
jamais les bornes? et parce que la mer, l'air,
ont été soumis à notre empire, les révolutions
astronomiques à notre calcul, parce que chaque jour voit encore naître des découvertes
importantes pour la vie de relation, doit-on

conclure de-là, qu'un jour viendra aussi, où tous les grands éléments du monde cesseront d'être des problêmes? Mais alors, quelle distance nous sépareroit de la divinité? Il n'y auroit plus, entre le créateur et la créature, que cet intervalle politique établi par la sagesse des lois entre un souverain qui tient de sa couronne le pouvoir exécutif, et le sujet qui, tout en calculant les ressorts du gouvernement, n'en relève pas moins de son autorité (1). « Parmi les philosophes, les uns ont

---

(1) Les poètes sont, quelquefois, de très-grands philosophes. Voyons comment s'exprime Pope, relativement à la foiblesse humaine :

« Mortel, si ton regard perçant l'immensité,
Pouvoit de tous les cieux pénétrer la structure,
Et de leurs habitants deviner la nature,
S'il voyoit, à-la-fois, par des retours constants,
Tous les mondes, sans fin, l'un sur l'autre flottants,
Suivre, autour du soleil, leur marche régulière,
Tu pourrois lire au sein de la cause première;
Mais, ces secrets d'un Dieu, te sont-ils découverts,
Foible atôme, est-ce à toi d'embrasser l'univers ? »

(*Essai sur l'homme*, traduction de M. de FONTANES.)

prétendu qu'on pouvoit savoir tout, ce sont des insensés, les autres que l'on ne pouvoit rien savoir; ceux-là ne sont pas plus sages. Les premiers ont trop donné à l'homme, les seconds lui ont donné trop peu; les uns et les autres se sont jetés dans l'excès (1) ».

Cependant, la raison trouva çà et là, des interprètes dignes d'elle. Tous les pays comptèrent quelques sages: et peu s'en faut que Socrate condamné à boire la ciguë (2), parce qu'il osoit professer l'existence d'un dieu seul dans sa puissance et son immensité, Anaxagore traité d'impie, et, malgré les larmes de

---

(1) Lactance, (de *Falsâ sapientiâ*, lib. iii. cap. vi).

(2) « Je me suis souvent demandé, dit, quelque part, Xénophon, comment les accusateurs de Socrate ont pu persuader aux Athéniens que ce grand-homme méritât la mort. Socrate est criminel, soutiennent-ils, parce qu'il méprise les objets que vénère la république, parce qu'il corrompt la jeunesse par des dogmes pernicieux.» (Xénop., *chos. mémor. de Socrate*, liv. Ier, page 1re.)

Périclès, banni honteusement d'Athènes parce
qu'il soutint qu'une intelligence divine avoit (1)
présidé à l'arrangement de l'univers, Cicéron
enfin, qui, en descendant de cette tribune où
il avoit fait retentir tant de fois, au milieu d'une
assemblée ivre d'admiration, les noms saints
de religion, de patrie et de bien public (2),
se moquoit avec ses amis des fables du paganisme, et leur faisoit, à chaque instant, une
confession énergique de son incrédulité; peu
s'en faut, dis-je, que ces illustres citoyens
n'aient pensé, sur bien des points, comme les
Pascal et les Newton (3). Ces bienfaiteurs de

---

(1) M. Casimir Delavigne, en son épître à MM. de
l'Académie Françoise.

« La Divinité, même, inspire Anaxagore,
D'un exil flétrissant l'arrêt le déshonore. »

(2) Qui ne connoît cette fameuse profession de foi rela-
tive aux divinités du polythéisme, que Cicéron faisoit à
son ami Atticus : *Adeò-ne me delirare censes, ut ista
credam ?*

(3) « Paucis mutatis verbis, atque sententiis, christiani
fierent. » (S. August., *de doct. chris. cap.* 4.)

l'humanité, loin de ravaler nos destinées à la vie purement organique des animaux, aimoient à s'élever, dans leurs considérations sublimes, jusqu'à la source céleste du génie, et à honorer de leur reconnoissance et de leur amour, le dispensateur suprême qui les avoit si largement partagés. L'ostracisme imposé à d'illustres Athéniens fut, peut-être, aussi utile à l'émancipation religieuse des Hellènes, que le martyre de quelques pêcheurs le devint au triomphe de l'Évangile.

BERCEAU DE LA PHILOSOPHIE.

Les siècles patriarchaux doivent être regardés (1) comme les plus beaux âges de la sa-

---

(1) « Aux premiers temps du monde, époque fortunée,
Qui donnoit d'heureux jours et de longues années,
Où, même après cent ans, loin encor du tombeau,
Le pasteur, de son fils préparoit le berceau, etc. »

M. de Norvins, poëme de
l'*Immortalité de l'ame.*

gesse humaine, puisqu'elle étoit alors l'incli-
nation naturelle de tous les hommes, l'harmonie fortunée de toutes les familles. Seth,
Énoch, Abraham, Joseph et Moïse, joignoient
à la pratique de la vertu, une intelligence su-
périeure, et une participation éclairée aux
connoissances scientifiques qui fleurissoient
déjà sur les rives de l'Euphrate. On sait que
le pasteur d'Haran (1) devoit à l'école de Babylone de compter avec une exactitude rigoureuse; et ce fut à cette même école que
les Égyptiens puisèrent des données positives
sur l'élévation de pôles, qu'ils apprirent tout
ce qui concerne la division du jour en douze
parties, et l'usage du quart du cercle (2). Le

---

(1) La *Genèse*, chap. 11.

(2) Il paroît certain, que ce fut en Chaldée, et non
en Égypte, qu'on inventa le zodiaque. Voltaire montre,
quelque part, que les signes inventés par les Chaldéens,
ne pouvoient pas convenir aux Égyptiens qui, par exemple, n'auroient point représenté le taureau au mois d'avril,

philosophe le plus lettré de ces premiers temps
du monde, fut, sans contredit, l'immortel législateur des Juifs. Mais, tandis que Moïse
écrivoit l'histoire des enfants d'Israël, déjà les
Chaldéens se vantoient d'une antiquité prodi-
gieuse. Leurs annales défigurées par des sup-
putations mensongères et des calculs spécieux,
dérobées mystérieusement aux yeux vulgaires,
se perdoient dans la nuit des siècles. Inventée
pour mettre en défaut les traditions du peuple
de Dieu, leur civilisation fictive avoit enfanté
des astronomes et des savants, ayant que le
Créateur n'eût jeté la terre dans l'espace. Les
prêtres de Ninive, à l'autorité trop respectée
de pareilles croyances, ajoutoient encore les
prestiges de leurs prédictions, et prétendoient

---

puisqu'ils ne labouroient pas dans cette saison; qu'ils ne
pouvoient, non plus, figurer février par une cruche d'eau,
attendu qu'il pleut très-rarement, en Égypte, durant ce
mois.

pénétrer le mouvement des astres et la vicissitude des saisons. Le *sabisme*, c'est-à-dire le
culte du feu céleste, et des intelligences divines, et le dogme de l'immortalité de l'âme,
formoient la base essentielle de leur religion (1).

Quelque éloge qu'on fasse aujourd'hui de
la philosophie des Égyptiens, des Mèdes, des
Assyriens, des Phéniciens (2), quelque source
qu'on interroge pour exhumer leurs monuments scientifiques ou littéraires (3), je suis
tenté de croire que cette vaste sagesse des

---

(1) Les Chaldéens croyoient qu'une intelligence divine
présidoit à chaque constellation, et lui donnoit la lumière
et la vie. (DIODORE-DE-SICILE, liv. 2.)

(2) SANCHONIATON dont EUSÈBE nous a conservé quelques pages, ne nous dit rien de la philosophie des Phéniciens ; nous savons, seulement, que ce peuple indus-
trieux, transmit à notre Occident, son alphabet et sa langue, et qu'il fonda Carthage. (EUS. *hist. temp.*)

(3) Voyez de vastes recherches sur tous ces peuples :
THOMAS STANLAY's *history of philosophy*.

nations séparées du peuple-saint, se réduisit
à la politique déguisée de prêtres imposteurs
qui, au lieu de se consacrer tout entiers au
service des autels, semblables aux Mages de
la Perse, aux Gymnosophistes des Indes, aux
Eubages et aux Sarronides des Gaules, s'appliquoient à la connoissance des astres, et en
tiroient des armes puissantes pour l'asservissement moral des hommes soumis au despotisme
théocratique. Il est très-probable aussi, que la
magie dont le fameux Zoroastre enseigna, le
premier, les dogmes chimériques, dans les
temples de Suze, n'étoit autre chose que l'astronomie mêlée de sentences et de présages.
Les Mages étoient, à-la-fois, médecins, astro-
logues (1), mathématiciens, et ils étoient en-

---

(1) On a beaucoup agité la question de savoir si les
Mages qui vinrent d'Orient à Bethléem, conduits par une
étoile éclatante, pour adorer le dieu des Juifs, étoient les
mêmes que ces Mages si célèbres en Perse, par leur savoir

vironnés, dans leur patrie, d'une considération si imposante, que Cambyse allant faire
la guerre, sur les bords du Nil, se reposa sur
un de ces Mages nommé *Pathizithès*, du soin
de gouverner l'état, pendant son absence (1).

Nous ne pourrions guère apprécier que
d'une manière foible et presque conjecturale,

---

et leur sagesse. L'Écriture ne désigne point positivement
de quelle partie d'Orient ils arrivèrent (*Evang.* cap. 2.).
Quelque dérision que l'incrédulité cherche à verser, aujourd'hui, sur cette noble migration de sages, je tendrois
à croire que ces mages étoient quelques philosophes de la
Perse, plus instruits que les autres dans l'astronomie.
Ayant aperçu, au-dessus de la Judée un météore lumineux,
ils suivirent cette boussole, et arrivèrent directement à
Bethléem.

(1) Pathizithès avoit un frère nommé Smerdis qu'il mit
sur le trône, à la place d'un fils de Cyrus, que Cambyse
avoit fait tuer. Cette supposition causa de grands troubles
et obligea les premiers Satrapes de se défaire de Pathizithès et de tous les autres Mages. (Eus., *chro.* — *Herod.*
lib. 2.)

l'état de la philosophie, chez ces hôtes antiques de l'Asie. La bibliothèque d'Alexandrie
qui renfermoit tant de précieux documents
sur leurs mœurs, leur histoire, leurs habitudes, nous découvriroit bien des trésors, et
nous donneroit la clef de bien des problêmes,
si elle n'avoit été ravie, par le fanatisme d'un
Musulman, à la curiosité des siècles avides de
lire dans les traditions du passé, pour éclairer
l'avenir.

Pendant que le joug humiliant des môme-
ries sacerdotales pesoit sur les peuples de
l'Orient; les Celtes tremblants sous la verge
formidable des Druides (1), prostituoient aux

---

(1) Quelques philologues ont cru que l'origine du
nom de *Druides* étoit hébraïque, et que ces prêtres qui
s'appliquoient à la contemplation des œuvres de la nature
avoient été appelés ainsi du mot *Derusim* qui signifie,
dans la langue d'Israël, ceux qui *recherchent quelque
chose*. Je croirois plus volontiers que l'étymologie de
Druide se trouve dans le mot δρῦς, qui signifie *chéne*. Le

ministres d'*Esus* et de *Teutatès*, le titre auguste de philosophes. Ces contemplateurs si
zélés des ouvrages de la nature, rendoient la
nature elle-même complice de leur odieuse
tyrannie, en faisant servir ses plus terribles
effets, à la consternation des Gaulois superstitieux. Également versés dans la médecine,
l'astrologie, la politique, la jurisprudence et
la magie (1), ils s'étoient approprié toutes

---

nom de ces prêtres pouvoit fort bien découler de l'objet
principal de leur adoration religieuse. Ce mot δρῦς existoit
avant la langue grecque, puisqu'il est phénicien. Tout
cela, comme on voit, se rapporteroit encore assez à cette
opinion qui fait des Celtes, une colonie de Phéniciens.

Plusieurs dénominations conservées dans notre langue,
attestent encore le séjour des Druides. *Dreux*, *Mont-
Drud*, etc. (Voyez chacun en ce qui concerne son histoire, Rouillard, *hist. de Chartres*, Thomas, *hist. d'Autun*, Jean Munier, *mém. d'Autun.*)

(1) Diogène Laërce compare les Druides aux sages de
Chaldée, aux philosophes de la Grèce ; son admiration
pour ces prêtres chargés d'imposture et de dissimulation,
est sans bornes.

les charges de l'état, ils étoient devenus les arbitres souverains de toutes les affaires publiques et particulières.

C'étoit, dans l'obscurité sépulcrale de forêts aussi vieilles que le monde, traversées par des eaux fétides, quelquefois même, au milieu des horreurs d'une nuit orageuse et des emblêmes de la mort, ou à la lueur vacillante de lampes suspendues dans les noirs rameaux des sapins, que les Druides célébroient leurs abominables mystères. C'étoit-là, qu'au pied toujours humide d'un chêne chargé du guy sacré, rongé jusque dans ses entrailles par la mousse et les lichens, entouré de simulacres informes des dieux de la foudre et des tempêtes, les Semnothées, le front ceint du bandeau étoilé, consommoient sur les autels de *Taranis* (1), de *Dis* (2), de *Niorder* (3), le

(1) Dieu de la foudre.
(2) Dieu de la nuit.
(3) Dieu des tempêtes. (Voyez Dom Martin, *Religion des Gaulois.*)

sacrifice sanglant des victimes humaines. Il
est aisé de voir que la philosophie de ces temps
misérables étoit tout entière entre les mains
des prêtres. Instrument de passion et de despotisme, la science dégradée dans son élément
comme dans son but, la science faite pour
éclairer les hommes, appartenoit toute à quelques-uns d'entre eux; le fanatisme et la crédulité, l'esclavage et la misère étoient l'apanage des peuples (1). La *robe blanche* des
Platon et des Pythagore, étoit bien moins un
symbole de justice et de pureté, que le voile
hideux d'une théocratie dévorante.

PROGRÈS DE LA PHILOSOPHIE CHEZ LES GRECS.

Instruits par les Hébreux, les Égyptiens et

---

(1) On peut consulter, avec avantage, relativement
aux mœurs des Druides et des Gaulois, l'ouvrage de Lau-
reau, *Hist. de Fr. av. Clovis.*

les Perses, ce fut aux sages de la Grèce (1),
qu'il étoit réservé d'être vertueux par le sentiment de la vertu, et savants, pour révéler
au genre humain son pouvoir et sa dignité.
Ces hommes généreux, quels sont-ils? La sérénité se peint sur leur front, leur vie est
exempte de mystères, leurs sentences n'ont
rien de prophétique, leur attitude rien de
composé: leur doctrine coule plus douce que
le miel des abeilles de l'Himette. On les voit
partager les plaisirs, et compatir aux peines
de leurs semblables, on éprouve, en les écou-
tant, une émotion vive et profonde, une sa-
tisfaction intérieure qui augmentent le désir

---

(1) The philosophers of Greece deduced their morals
of the nature of man, rather from that of god. They me-
ditaded, however, on the divine nature, as a very cu-
rious and important speculation; and in the profound
inquiry, they displayed the strength and weakness of the
human understanding. (GIBBON's *History of the decline
and fall of the roman empire.*)

de les écouter encore : s'ils s'élèvent au ciel ,
c'est pour consoler la terre , s'ils parlent de
bienfaisance , c'est pour tendre une main secourable à toutes les infortunes. Ah ! préceptes
immuables de la raison, dogmes saints de l'humanité , vous seuls donnez à l'âme les jouissances de la paix et du bonheur !....

Alors, les peuples reconnoissants du Péloponèse , décorèrent du nom de philosophes,
ces amis sincères de la sagesse, qui ne s'arrachoient au silence de la retraite et aux méditations de la pensée, que pour distribuer des
bienfaits. Ces hommes de mœurs simples et
austères, aimoient à affronter les fatigues et
les dangers, pour aller au-delà des mers, recueillir l'héritage de la science et consulter les
anciennes traditions. Après de pénibles efforts,
ils formoient des systèmes vastes dans leur
ensemble et précis dans leur application; une
telle philosophie ne tendoit qu'à rendre l'humanité meilleure, en l'instruisant sur sa nature

et sur ses devoirs. C'est ainsi qu'un Thalès de
Milet avoit franchi cette Méditerranée qui devoit transmettre à-la-fois à nos contrées occiden-
tales les trésors du Levant, et les découvertes
de l'intelligence, la pourpre de Tyr, les par-
fums d'Arabie avec les sciences de Babylone,
pour aller demander aux oracles de Sérapis
et d'Isis les grands secrets de leur culte sym-
bolique; c'est ainsi qu'un Pythagore fixa long-
temps son séjour à Héliopolis, pour recevoir
de la bouche d'*Énuphis*, le dogme populaire
de la métempsycose, peut-être, aussi, quel-
ques-unes de ces idées d'harmonie générale
dont il proclama les lois, et que, long-temps
avant lui, les prêtres d'Égypte avoient con-
centrées dans leurs demeures inaccessibles
et dans l'obscurité des sanctuaires (1). C'est
ainsi qu'un Démocrite, un Anaxarque, un

---

(1) On peut voir une belle description de la doctrine
de Pythagore dans Cicéron. (Somnium Scipionis.)

Pyrrhon, un Apollonius, vinrent s'initier à
la religion et à la morale des bords de l'Indus;
qu'un Euclide sortoit de Mégare (1), sous des
vêtements étrangers à son sexe, pour venir,
au péril de ses jours, écouter à Athènes les
leçons de Socrate; qu'un Cébès et un Sim-
mias quittèrent la ville de Thèbes leur patrie,
pour vivre dans la familiarité du fils de So-
phronisque; qu'on vit un Xénophon consacrer
à l'amitié du plus vertueux des Athéniens, des
loisirs que le héros des *dix-mille* eût pu rendre
si flatteurs pour son amour-propre, dans les
cercles brillants des Archontes (2). Voyez-vous

---

(1) Aul. Gell. *noct. att.*, lib. 6. cap. 10.

(2) Xénophon, après sa superbe retraite des *dix-mille*,
fut abordé, un jour, dans une rue d'Athènes, par Socrate
qui lui barra la voie avec son bâton. Où trouve-t-on les
choses le plus utiles à la vie, demanda le philosophe, au
héros? Au marché, répondit celui-ci; eh bien! ajouta Socrate, venez chez moi et vous l'apprendrez. Xénophon ne
quitta plus le grand-homme, que pour se rendre à l'armée
de Cyrus.

ce Platon si grand par ses vertus, si grand par
ses exemples, si grand par ses doctrines, qui
plus éloquent que Socrate son maître, a pour
ainsi dire monnoyé, dans son style divin,
pour l'usage de la postérité, la plus belle âme
des siècles antiques? Le voyez-vous allant
promener ses pensées près des tombeaux des
Pharaons, et du lac de *Méris*, et modifier
ses propres méditations par la philosophie de
Thèbes et de Memphis? et cet Eudoxe qui
consentit à s'exiler pendant treize années de
la patrie de Solon, pour y revenir après de
longues études, avec ces connoissances ap-
profondies et cette imagination exaltée qui
servent toujours si bien la cause de la philosophie dans l'opinion des hommes? C'étoit,
alors, le pélerinage de la sagesse; il valoit bien
ceux de la Mecque, d'où l'on n'a jamais rap-
porté que le fanatisme de Mahomet, et la férocité de ses sectaires!....

Nous venons de voir les Thalès de la Grèce,

protéger la philosophie naissante, de leurs
méditations, de leurs périls et de leurs vertus,
seconder de leur éloquence la direction heureuse imprimée à l'intelligence et à la raison,
et montrer, dans la bienfaisance de leur cœur,
la dignité de leur langage, l'austérité de leur
vie, l'ouvrage presque accompli de cette morale sublime dont ils se rendoient les apôtres.
La philosophie d'un Socrate étoit simple,
parce qu'elle étoit vraie, elle étoit pure,
comme la source d'où elle émanoit ; c'étoit
l'évangile dans la bouche du plus vertueux
des païens.

CHINOIS.

En suivant d'une manière rapide et succincte,
les progrès de la philosophie chez les différentes nations qui sont venues, tour-à-tour sur la
terre, y laisser, ou les traces périssables de la
puissance physique, ou les monuments immortels du génie ; nous ne saurions refuser

une place dans notre tableau, à ce peuple bi-
zarre, crédule et humain dont la civilisation
se perd dans la rouille des âges, et qui, enseveli dans un cercle routinier de connoissances,
de pensées et d'habitudes, semble appartenir à
tous les siècles, en n'en scellant particulièrement aucun.

Deux grandes sectes philosophiques divi-
sent les lettrés chinois (1). Les uns sont voués
à la doctrine de *Fo*, les autres professent celle
de *Confutzée* que nous nommons Confucius.
Si le culte de *Fo* est aussi méprisable par les
impostures et les extravagances qu'il consacre,
que par l'infamie des bonzes, qui, chaque

---

(1) Indépendamment de ces deux sectes, il y a encore
celle de *Ju-Kiau*. Elle forme celle *des philosophes de
la nature*. Leur système qui est un mélange confus et in-
forme des idées de *Confutzée* et de *Fo-hi*, et de vieilles
chimères métaphysiques, est, actuellement, ce qui con-
stitue la religion moderne des lettrés. (Cons. Dorville,
ouv. cit.)

jour, s'étudient à en imposer à la plus vile populace (1); il n'en est pas de même des dogmes de Confucius (2). Les philosophes de la Chine ne prétendent pas qu'il ait établi une

---

(1) Quelques bonzes enlevèrent, un jour, un jeune homme et, après l'avoir lié dans une cage de fer, et lui avoir mis un bâillon qui l'empêchoit de crier, ils le présentèrent à la populace assemblée sur les bords d'une profonde rivière. « Ce jeune homme, dit un bonze, a la dévotion de se jeter dans ces eaux, nous lui avons permis de remplir son dessein; mais il n'en mourra pas. Il sera reçu par des esprits charitables qui lui feront un accueil aussi favorable qu'il puisse le désirer. En vérité, c'est ce qui pouvoit lui arriver de plus heureux. Cent autres ont ambitionné sa place; mais nous lui avons accordé la préférence, en récompense de son zèle et de ses autres vertus. » Cependant, le hasard fit passer par-là le gouverneur de la province. Il voulut apprendre du jeune homme, les circonstances de son enlèvement. Instruit de tout, le gouverneur ordonna qu'on s'assurât des bonzes et que le supérieur de ces coquins fût précipité dans le fleuve, (DORVILLE, ouv. cit. NIEUHOFT, trad. de Le Carpentier.)

(2) Confucius est le même philosophe dont les Japonois honorent la mémoire sous le nom de *Koosi*.

religion ; mais ils croient qu'il a conservé
l'ancienne dans toute sa pureté (1). Aussi, re-
lèvent-ils l'instant de sa naissance par les plus
étonnants prodiges. Les anges, disent-ils, des-
cendirent jusque sur la terre, pour contempler, de près, les traits augustes de cet enfant
miraculeux ; et les voûtes célestes retentirent
de concerts sublimes. A peine eut-il ouvert
ses yeux à la lumière, que des dragons ailés
entourèrent son berceau, pour protéger des
jours si précieux au genre humain (2). Dans
un âge encore ordinairement tout soumis aux
plaisirs et aux jeux de l'enfance, le jeune
Confutzée se distinguoit par un maintien grave
et sérieux. Il laissoit percer un amour extrême

---

(1) Voyez KOEMPFER, trad. angl. de son *Hist. du Japon,*
liv. 2, chap. 3.

(2) Confutzée naquit cinq-cent-cinquante-un ans avant
J.-C., et, selon quelques auteurs chinois, quatre-cent-
quatre-vingt-trois, seulement. Son père qu'il perdit presque en naissant, le fit appeler *enfant de douleur.*

(Voyez le P. COUPLET, en ses *Relations de la Chine.*)

pour la vertu, et remplissoit ses devoirs avec
ardeur. Après la lecture approfondie des meilleurs livres, de vastes et profondes méditations, des recherches pénibles et laborieuses,
ce grand-homme ouvrit, dans la province de
Lu, cette école de morale qui fit revivre l'âge
d'or. Alors, dit un auteur chinois, « le respect
pour les pères resserra les liens de la société
dans les familles, la vertu régna dans tous les
cœurs; l'équité devint si grande, qu'on n'auroit pas osé ramasser ce qu'on auroit trouvé
dans une voie publique, à moins que l'objet
trouvé n'eût appartenu à celui qui s'en seroit
saisi; et tous les citoyens vivoient entre eux
avec autant d'intelligence et d'union, que s'ils
n'eussent été qu'une seule famille. » Voici
quelques points de la morale de Confutzée.

« 1° La morale pratique a deux objets prin-
cipaux, la culture de la nature intelligente,
l'institution du peuple.

2° L'un de ces objets demande que l'enten-

dement soit orné de la science des choses,
afin qu'il discerne le bien et le mal, le vrai
et le faux ; que les passions soient modérées,
que l'amour de la vérité et de la vertu se for-
tifient dans le cœur et que la conduite envers
les uns et les autres soit décente et honnête.

. . . .
. . . .
. . . .
. . . .
. . . .
. . . .
. . . .

4° Le philosophe est celui qui a une connoissance approfondie des choses et des livres,
qui pèse tout, soumet tout à la raison, et qui
marche d'un pas assuré dans les voies de la
vertu et de la justice.

. . . .
. . . .
. . . .

13.

. . . .

. . . .

. . . .

. . . .

13° La vertu n'a aucun besoin de ce dont elle ne pourroit pas faire part à toute la terre ; et elle ne pense rien qu'elle ne puisse s'avouer à elle-même, à la face du ciel.

. . . .

. . . .

. . . .

. . . .

. . . .

. . . .

. . . .

16° Il y a trois degrés de sagesse : savoir ce que c'est que la vertu ; l'aimer ; la posséder.

17° La droiture de cœur est le fondement de la vertu.

. . . .

. . . .

. . . .

. . . .

. . . .

. . . .

. . . .

22° Une nation peut plus par la vertu que par le feu et l'eau : je n'ai jamais vu périr le peuple qui l'a prise pour appui (1). »

On peut voir, d'après ces points abrégés du dogme philosophique de Confutzée, que la morale humaine ne pouvoit pas rencontrer un interprète plus vertueux ; mais, à la Chine, comme sous d'autres latitudes, il y a des bonzes et des prêtres qui mêlent à la morale, le fanatisme et le mensonge et trafiquent honteusement de la crédulité des peuples. Nous avons vu ce qu'étoient les ministres de

_____

(1) Voyez le P. Duhalde, *Hist. de la Chine*, tome 2. — L'abbé Prévost , *Hist. gén. des voyages.* — Dorville , ouvrage cité.

Fo-hi, et par quelles manœuvres ils surpre-
noient la confiance et le respect ; les sectaires
de Confutzée échangent aussi, trop souvent,
les devoirs de leur mission, contre les soins dé-
gradants du despotisme et de la tyrannie.
Ainsi, les œuvres de ce grand-homme renferment la philosophie des Chinois tout entière.
Mais, après avoir étendu nos regards jusqu'aux
confins de l'Orient, revenons à ces contrées
que venoit d'éclairer la lumière naissante du
christianisme.

ÉTAT DE LA PHILOSOPHIE, DEPUIS LE BAS-EM-PIRE, JUSQU'AU SEIZIÈME SIÈCLE.

Depuis l'époque de la translation de l'empire
romain sur les rives du Bosphore, jusqu'à la fin
du seizième siècle, la science de la sagesse prit
une direction inaccoutumée. Enveloppée de
subtilités scolastiques et d'arguments captieux,
elle ne fut long-temps qu'un jeu du langage,

sans devenir un abus de l'esprit : son alliance
à la religion du Christ lui imprimoit, d'ailleurs, un caractère respectable, et elle s'atta-
choit à former la raison, sans vouloir dessé-
cher le cœur. Cette religion sublime, et par
la pompe de ses souvenirs, et par la pureté
de sa morale, et par la gloire de cette ère
nouvelle depuis si long-temps prédite à la
postérité de Jacob par les enfants d'Aaron,
cette religion, dis-je, défigurée par le langage
d'Aristote, transformée en matière inépuisable
de questions pointilleuses et absurdes, étoit
encore, entre les mains de moines ignorants,
un objet digne de fixer l'attention des peuples. Mais, quel spectacle déplorable, de voir
la doctrine éternelle du fils de Dieu, reposer
presque entièrement sur des distinctions fu-
tiles, la plupart des orateurs de la chaire, tandis que les successeurs dégénérés des Césars
règnent sur la corruption des mœurs et l'affectation stérile de l'esprit, se traîner dans les

sentiers épineux d'une théologie spéculative,
oublier la gravité et les devoirs de leur mission, pour disputer si le rayon qui brilla autour du Christ, sur le mont Thabor, étoit de
feu créé ou incréé ! ...... Tel étoit alors, le
caractère philosophique, qu'on vit, dans la
ville de Constantin, un héritier du trône de
Trajan et de Marc-Aurèle, demander humble-
ment pardon à des moines insolents, de s'être
laissé enfermer dans un argument captieux,
relativement à la chair du verbe et à la trans-
figuration du Saint-Esprit (1). Cependant,
bientôt, on négligea cet art sophistique, cette
ambiguité de termes qui remplirent les écoles,
jusqu'à la fin du quinzième siècle. La philosophie se divisa en plusieurs branches d'un
même arbre. Des âmes nobles et vertueuses,

---

(1) On peut lire, pour avoir la juste mesure du caractère philosophique de cette époque, PROCOPE; LEBEAU,
Hist. du Bas-Empire.

indépendamment des idées contemplatives, embrassèrent la morale évangélique, d'autres se livrèrent à la recherche des causes naturelles, sans dépasser les bornes de l'analyse et de l'expérimentation. On abandonna aux rhéteurs les puérilités du syllogisme, et aux théologiens, ces subtilités dans les propositions, à l'aide desquelles on raisonne de tout, sans rien savoir.

CAUSES DE LA LONGUE ENFANCE DES SCIENCES PHILOSOPHIQUES.

Les hommes observés dans leurs premiers pas vers la civilisation, de même que l'individu considéré isolément dans les premières périodes de son développement intellectuel, se trouvent, pour ainsi dire, malgré eux, entraînés à vouloir tout expliquer, à se rendre compte de tous les phénomènes qui les frappent, avant d'être arrivés à pouvoir les ana-

lyser. Ce n'est qu'au moyen de longues aber-
rations, qu'ils parviennent à cette pureté de
jugement, à cette maturité de pensées qui
préparent des principes solides, et jettent dans
le vaste domaine des sciences, ces fondements
durables sur lesquels viennent s'asseoir des
travaux positifs. Il a fallu, en quelque sorte,
que la vérité se trouvât presque toujours pré-
cédée de l'erreur (1); et la première, à la
honte de notre esprit, eût, souvent, éludé tous
nos efforts, si la main du hasard n'eût dévoilé,
parfois, des mystères inaccessibles à nos investigations.

Promenons nos regards sur le passé, nous
y verrons, dans des temps reculés, les connoissances les plus utiles à la société, cachées
sous de ridicules déguisements et ne laisser
percer quelques formes réelles, qu'à travers
toutes les illusions du faux raisonnement. La

---

(1) Fontenelle.

théologie scolastique, regardée comme la partie la plus essentielle de la croyance auguste
des Ambroise et des Jérôme ; la médecine,
enveloppée d'un empirisme aveugle, l'astronomie d'interprétations erronées et de calculs
chimériques ; l'histoire naturelle, entourant
son origine de contes merveilleux sur les vertus des plantes et des minéraux (1) ; la physique générale défigurant ses premières données
par des explications forcées ou puériles, et se
perdant dans la recherche des qualités occultes
et des causes inabordables.

Il a fallu que des observations exactes, une
expérimentation sévère, réduisissent, peu-à-

---

(1) On peut voir les vertus singulières que DIOSCORIDE
attribue au peuplier, au laurier, à la rhue, au scorpion-
terrestre, etc. (Cap. 15, lib. 1 ;—cap. 42, lib. 3;—cap. 10,
lib. 2, *de Usu pharmaceutices*, Edid. Theobal. Lepleig.
Vindo. Lugd. apud J. et Franc. Frello., 1543.—Voy. aussi
THÉOPHRASTE, lib. 9, *de Humore et sapore plant.* Edid.
Paris. Egidi. Gourmonc. 1529.)

peu, les prétentions d'une métaphysique grossière qui avoit envahi toutes les avenues de
la raison humaine. « Mais, depuis que des
théories simples ont remplacé des spéculations ténébreuses, et que les écoles ont achevé
de dépouiller le vain clinquant d'une dialectique abusive, nous avons vu l'art des Asclépiades, par exemple, rappelé par degrés à
une plus juste direction, par des esprits droits,
reprendre, comme aux beaux jours de son
aurore, le sentier de l'observation. Ouvrons
les fastes de la science, étudions toutes les
doctrines qu'elle a vues se succéder, depuis
celles de ses premiers patriarches, jusqu'à
celles de nos contemporains, et nous serons
bientôt étonnés des puissants efforts qu'ont
faits les hommes de tous les âges, pour arriver à la vérité ; heureux, si les préjugés des
temps, si la préoccupation en faveur d'hypothèses ingénieuses, n'eussent pas continuellement détourné leurs travaux du but vers le-

quel ils tendoient (1) ! » C'est cette manière de procéder qui a fixé de premiers principes et commencé à former l'immense trésor scientifique de l'âge présent. C'est elle qui a conduit Galilée et Toricelli à chasser de l'école la doctrine de l'horreur du vide qui y régnoit depuis Aristote et qu'il devoit, lui-même, à ses devanciers : c'est elle qui a placé les Priestley, les Lavoisier, les Fourcroy, les Biot, les Chaptal et les Gay-Lussac, dans un rang si supérieur à celui des Arnaud-de-Villeneuve, des Paracelse et des Van-Helmont.

RENAISSANCE DE LA PHILOSOPHIE.

Ainsi, les premiers efforts de la philosophie nouvelle amenèrent l'ardeur des recherches et des réflexions, l'activité des esprits, et ac-

---

(1) Voyez *Considérations sur l'Adynamie*, lues à l'ancienne Académie et insérées dans les *Mémoires de la So-*

coutumèrent les hommes à se livrer à des exercices aussi utiles au cœur, que profitables au génie. Les relations commerciales eurent aussi une grande part à ce développement. Pendant le douzième et le treizième siècles, le monopole des denrées de l'Inde avoit été tout entier entre les mains des Lombards ; mais, bientôt, on vit se former, dans les pays voisins de la mer Baltique, cette vaste confédération anséatique qui trouva dans le commerce ses richesses et sa prospérité, et sa gloire dans son indépendance.

Un peuple conquérant et fanatique avoit apporté sur les côtes d'Afrique et dans l'Espagne méridionale, avec les impostures de Mahomet, et le charlatanisme oriental, quelques

---

ciété de Médecine de Paris, janvier 1818; par le docteur BARD, de l'Académie royale de Médecine, Médecin de l'Hôtel-Dieu de Beaune, membre correspondant de la Société royale de Médecine de Marseille.

germes de bonne philosophie. Les Arabes chargés des débris littéraires d'Athènes et de Rome, avoient rendu aux lettres les œuvres de Tite-Live, Pline, Cicéron, Tacite, par des commentaires et des traductions. Ils cultivoient avec succès l'astronomie, la médecine, la géométrie et la chimie, tandis que les Albucasis, les Avicenne, les Alli-Abbas, les Averroës et les Rhazis (1) conservoient quelques

---

(1) Jusqu'au commencement du douzième siècle, l'Espagne partagée entre les Musulmans et les Chrétiens, voyoit, cependant, fleurir les arts. Jamais ils n'avoient brillé d'un éclat aussi vif, sur cette presqu'île. La magnificence, la galanterie régnoient à la cour des rois maures. Les tournois, les combats à la barrière paroissent devoir leur invention aux Sarrasins. Ils avoient des cirques, des théâtres. Cordoue étoit une ville toute scientifique, et il conste, d'après un trait que nous empruntons à l'histoire, que les médecins arabes de ce temps-là étaient passablement insolents.

Sanche-le-gros, roi de Léon, fut obligé de réclamer

lumières aux sciences naturelles. Ces lumières ayant passé, en s'augmentant, de cloîtres en cloîtres, y demeurèrent perdues pour la société, long-temps après l'anéantissement de la puissance musulmane, dans l'Europe occidentale. Quels hommes de la société, eussent, d'ailleurs, recueilli ces étincelles de l'intelligence ? Le clergé ?.....Tous les clercs qui n'appartenoient pas aux ordres réguliers, passoient leur vie, les uns dans le cérémonial brillant des cours, les autres, au milieu des parchemins poudreux qui renfermoient l'his-

---

les soins du médecin Alboujavenzar, en 956, et manda ce savant, à sa cour. Alboujavenzar se refusa à l'invitation du monarque et lui écrivit que c'étoit à lui à venir le trouver dans sa résidence.

(Voyez, pour ce qui concerne les mœurs des Arabes, *Notice sur les Maures*, par FLORIAN, en tête de *Gonsalve de Cordoue*. — Pedro DIAX DE RIBA, *Ant. de Cord.* — *Voyage du chevalier d'Arvieux*. — RODERIC, *Hist. des Arabes*.)

toire des siècles, et cela, sans fruit réel pour
leurs contemporains. Les fleurs du langage
appartenoient aux premiers, l'érudition grave
et peu communicative des seconds ne servoit
guère les intérêts de la civilisation intellectuelle. Ils n'avoient pas, isolés dans les archi-
prêtrés et dans les grands presbytères, cet
esprit de corps, cette harmonie de zèle, cette
concentration de veilles et de méditations,
dont j'entends, chaque jour, calomnier le
pouvoir et l'objet ; comme si les prolétaires
de la France dégénérée vouloient accuser aujourd'hui, les enfants de Loyola, ou les solitaires de Mont-Cassin, de la gloire de leur
ordre et de la part si active qu'ils ont prise à
la renaissance des lettres ! ... D'autres prêtres, enfin, ignorants et modestes, mainte-
noient dans les campagnes, l'austérité des
mœurs antiques ; c'étoit-là tout leur ministère ;
noble et sublime mission qui n'a point en
partage les honneurs de la terre, mais qui

14

conduit sûrement à la gloire d'en-haut et fait
asseoir le lévite et le prélat, sur le même gra-
din, aux pieds du roi des rois! . . . Mais, quoi,
les semences de la philosophie et du développement moral trouveront-elles dans les hommes d'épée, un sol fécond pour leur germina-
tion ? Leurs jours sont précieux à l'humanité ;
mais ces preux, ils demandent encore tout au
cœur, et rien à l'esprit. Les membres distingués du tiers-état seront-ils plus accessibles
à la raison et au goût ? Chacun d'eux voués à
une carrière souvent pénible, magistrats des
cours subalternes, notaires, procureurs, re-
doutent l'élévation. Semblables aux bœufs de
Normandie, ils traînent lentement leur atte-
lage, et le sillon qu'ils ont tracé, forme le
complément de leur ambition et de leurs efforts. Ainsi, la science règne dans les congré-
gations, et l'ignorance dans la société.

Long-temps nourrie et élaborée dans les
monastères, la philosophie en sortit enfin,

pour n'y plus rentrer ; et ce fut un moine anglois qui, le premier, réveilla en Europe l'étude de la chimie. Bientôt, Galilée proclama le mouvement de la terre ; Copernic devina la position du soleil au centre du monde ; Gassendi renonça à l'astrologie, pour se livrer à l'observation astronomique. Toricelli inventa, dans la patrie des Médicis, le baromètre, pour connoître la densité de l'air ; Boyle, en Angleterre, Pascal en France, essayèrent de mesurer la hauteur de l'atmosphère, Newton imagina le vrai système du monde et perfectionna l'astronomie par l'optique ; les Académies de Florence, de Leipsick, de Paris, la société royale de Londres (1), secondèrent de leurs sages travaux les efforts de ces grands-hommes, et la gloire philosophique sembla toucher à son apogée.

---

(1) Voyez les *Trans. philos. de la Société royale de Londres.* — *Mém. de l'Acad. roy. des Sciences de Leips.*

14.

Cependant, tandis que l'Italie, l'Allemagne, l'Angleterre et la France, concouroient aux progrès de la physique générale, une science sublime et abstraite fixoit les regards des Descartes, des Mallebranche et des Leibnitz. L'étude de l'âme devenoit un vaste champ ouvert à leurs immortelles méditations. Semblables au voyageur qui, pour atteindre une lumière lointaine ou fantastique, s'engage dans des sentiers difficiles et souvent impraticables, peut-être, ces hommes dont la dégradation a voulu, depuis, flétrir les travaux, s'égarèrent-ils encore dans une route nouvelle (1); mais

---

(1) Nous nous montrerons constamment conséquent au principe que nous avons établi quelque part. Il consistoit à faire voir la vanité de toutes les recherches métaphysiques. Ce qui excuse les illustres philosophes dont nous parlons, c'est que leurs efforts avoient quelque chose de grandiose et de noble. Pleins de la doctrine sublime du christianisme, ils essayoient d'arriver à des connoissances qu'elle nous déclare être placées au-des-

quels objets à leurs réflexions, qu'une métaphysique auguste et une morale qu'ils prê-
choient de leurs exemples! Ah! sans doute,
ils brûloient d'un saint amour pour toutes les
vertus, ces hommes de sagesse et d'autorité
morale. Ils ne considéroient cette vie mor-
telle que comme un passage à cette immortalité d'en-haut dont, Britannicus mourant n'o-
soit pas parler à ses amis. Vérité sacrée, tu es
toute la philosophie!

LA PHILOSOPHIE SE RABAISSE ET BIENTÔT, SE DÉGRADE.

A peine arrivées à la majesté de l'âme, les
études philosophiques se rabaissèrent. Fatigués
des efforts de leurs devanciers, incapables de
les suivre dans leur vol et de les apprécier
dans leur but, les pygmées du dix-huitième

---

sus de l'intelligence humaine ; mais leur philosophie
étoit vertueuse, essentiellement vertueuse.

siècle, se jetèrent dans l'idéologie et la science des sensations. Un insulaire ingénieux avoit donné le signal, et Condillac fut regardé, quelque temps après, en France, comme le chef de la nouvelle école.

C'est, à-peu-près à cette époque, qu'on vit paroître dans la patrie de Pascal, de Descartes et de Bossuet, les encyclopédistes, hommes frivoles et dangereux, qui, avec des tours séduisants, des raisonnements appropriés à toutes les conceptions, popularisèrent l'irréligion et le libertinage d'esprit, et préparèrent le triomphe de toutes les immoralités. Les coryphées de l'entreprise encyclopédique, n'avoient pas tous un génie égal à leurs orgueilleuses prétentions. Celui-ci (1), de bon mathématicien qu'il étoit, ne se fit littérateur froid et ennuyeux, que pour briller dans une société enthousiaste et prodigue de louanges, et porta

---

(1) D'Alembert.

dans ses compositions, toute la sécheresse d'une
âme vide de sentiments. Celui-là (1), homme

---

(1) Helvétius. Chacun sait qu'Helvétius étoit vertueux et bienfaisant. Peu d'hommes-de-lettres ont montré
tant de générosité et de bienveillance dans le caractère.
Ces qualités étoient innées chez lui, et la société d'une
femme aimable et spirituelle ne contribuoit pas peu à
nourrir la sérénité de cet homme de bien, et à embellir sa vie. Le salon de madame Helvétius étoit devenu le
rendez-vous de tout ce que Paris offroit de gens instruits.
Placé dans une position indépendante, Helvétius réunis-
soit lui-même tous les avantages qui séduisent ordinairement les hommes. Un nom distingué, une fortune
brillante, les grâces et la culture de l'esprit, une conver-
sation animée, le don précieux de rendre sa propre fortune profitable aux gens-de-lettres qui souvent, en manquent. Auteuil ressembloit à l'habitation d'un Mécène
ou d'un Gallus. Mais, peut-être, Helvétius seroit-il
plus pur à nos yeux, s'il se fût restreint au rôle si
beau, d'ami éclairé des lettres, de protecteur des savants. Je crois néanmoins, qu'il ne fit corps avec les
philosophes que parce que ceux-ci l'ayant enrôlé dans
leur secte, s'imaginèrent devoir le soutenir, par obliga-
tion de confraternité. L'*Esprit* parut, il fut poursuivi, les

vertueux et médiocre, fit le mal sans s'en douter, et ne dut sa célébrité qu'à la persécution
dont son livre fut l'objet. Étranger à toutes les
connoissances physiologiques, il s'imagina avoir
rendu un service immense à la morale, en rattachant l'homme intellectuel et pensant, à son
organisation physique, et en faisant dépendre
de cette organisation, toutes ses idées et ses
facultés. Cet autre enfin (1), avec l'exaltation
d'un génie bouillant, la fougue d'une imagination déréglée, voulut ouvrir à la littérature
des routes insolites, et tracer des règles qu'il
n'enseignoit que trop, par ses égaremens. On
sait assez quel fut l'esprit de cette association
admirable en elle-même, si elle n'eût point

---

philosophes prirent sa défense, et voilà la réputation
philosophique d'Helvétius.

(Voyez l'abbé MORELLET, en ses *Mémoires*. — M. de
BARANTE, *Dix-huitième siècle.*)

(1) Diderot.

voulu réédifier sous les formes d'un siècle et d'une coterie, tout l'édifice des sciences humaines (1).

DOCTRINE DE LA FORMATION DES IDÉES, DE CONDILLAC : INFLUENCE DE SON SYSTÈME SUR LA DIRECTION DES IDÉES PHILOSOPHIQUES QUE CONSACRA L'ENCYCLOPÉDIE.

La métaphysique peut être partagée en deux grands corps d'études. Les unes s'occupent de

---

(1) Il seroit souverainement injuste d'envelopper tous les encyclopédistes dans la même accusation. Cette entreprise si vaste où devoient figurer toutes les branches de l'intelligence humaine, avoit en elle quelque chose de grand, et les siècles passés n'avoient jamais conçu une idée aussi gigantesque, que celle de l'*Encyclopédie*; mais, comme il arrive dans tous les ouvrages consommés par plusieurs hommes, une sorte de triumvirat littéraire s'établit alors, et les opinions des chefs furent constamment reproduites sous toutes les formes, par leurs disciples, dans un monument destiné à donner aux siècles futurs, une haute idée des progrès de l'entendement, au dix-huitième siècle.

l'âme, de son essence, de ses opérations intérieures, c'est la psycologie que Descartes et
Leibnitz agrandirent par leurs travaux, sans
l'éclairer, parce qu'elle est placée au-dessus de
toutes les intelligences humaines; les autres
examinent : l'impression des objets extérieurs
sur l'âme, l'usage des sens, la formation des
idées, c'est l'idéologie à laquelle s'appliquèrent
spécialement Locke et Condillac. On les vit s'at-
tacher avec ardeur à détruire une opinion
long-temps accréditée dans le monde philosophique, celle des idées innées; mais leurs assertions furent trop exclusives. En comparant,
pour ainsi dire, l'excitabilité de l'âme par les
sens, à la mise en mouvement d'un pendule
par une main étrangère, ils ne préjugèrent
point, peut-être, jusqu'où pouvoit mener l'application d'une pareille doctrine. « Il n'y a pas,
dit Condillac, d'idées qui ne soient acquises :
les premières viennent immédiatement des
sens, les autres se multiplient à proportion

qu'on est plus capable de réfléchir (1). » D'a-
bord, il faudroit s'entendre sur la significa-
tion précise du mot idée que l'idéologue pré-
cité semble avoir fait plier à son système ; car,
en amenant toutes les impressions de dehors
en dedans, par le moyen des sens, il feint
d'oublier ou de méconnoître la puissance in-
terne qui, primitivement, a dû commander à
leur jeu, dans l'embarras où il auroit été,
sans doute, de qualifier cette puissance anté-
rieure à toute perception.

Mais, l'intervention de ce souffle qu'on appelle âme et qu'on ne sauroit apprécier d'une
manière exacte et mathématique dans son
essence, étant liée immédiatement et d'une
manière nécessaire à l'organe siège de toutes
les sensations, cette âme, quelle que soit,
d'ailleurs, sa perfectibilité, seroit-elle apte à

---

(1) Voyez CONDILLAC, *Essai sur l'origine des connais-
sances humaines*, chap. 1.

recevoir, en premier lieu, des impressions, à les combiner entre elles, si elle ne recéloit aussi un principe rationnel qui juge l'action des sens, la dirige ou la suspend à son gré? Or, ce principe rationel co-existant à l'âme, ces dispositions indépendantes de toutes circonstances extérieures, qui se retrouvent dans une nation agrandie par l'étendue de ses lumières et la forme de ses institutions, comme dans une peuplade sauvage, cette faculté morale qui ne sera pour un peuple ou un individu enfants, que le sentiment de leurs premiers besoins, ne sont-ils pas des penchants innés, et, en quelque sorte, des idées innées? « Partout, dit un philosophe, vous rencontrerez dans l'homme le sentiment de l'infini, vous le verrez désirant au-delà de ses besoins, demandant encore quand ils sont satisfaits, cherchant toujours au-delà de tout, supposant une vie après la sienne, respectant et ensevelissant les morts qu'il ne peut s'imaginer finis pour toujours, inquiet du cours de la nature, ne pouvant la croire immuable, lui soupçonnant un commencement, et redoutant sa destruction (1) ». L'étude et l'expérience, et à cet égard, la seconde proposition de Condillac est pleine de justesse et de vérité (2), peuvent

---

(1) M. de BARANTE, *Littérature françoise du dix-huitième siècle.*

(2) Il y a peu de différence, objectera-t-on, entre l'homme et l'animal, dans cette première période de leur développement instinctif. Ils ont tous deux l'organisation en partage, tous deux ont les mêmes instincts de leurs premiers besoins. Mais l'homme n'apporte-t-il pas, en naissant, l'idée du bien? Tous savent qu'en frappant leur semblable, ils lui nuisent, ils le savent même, avant d'avoir pu l'apprendre par l'épreuve d'une agression. Tous sont perfectibles, tandis que l'animal ne dépasse jamais le cercle borné de la vie organique, ou plutôt sa vie externe est façonnée pour ses besoins et pour les nôtres. La vie organique de l'animal est presque égale, aussitôt après sa naissance, à ce qu'elle doit devenir dans la suite. Oui, tous les hommes ont reçu primitivement un principe émané des cieux qui leur imprime le caractère

imprimer à l'intelligence un développement et une capacité considérables, comme une terre qui recélant dans son sein tous les éléments d'une fécondité prochaine, n'offrira à l'œil attristé qu'une végétation imparfaite, si les soins de l'homme des champs ne sollicitent pas ses faveurs. Il y a loin, certainement, de cet homme primitif qui ne frappe l'air de quelques sons, que pour faire passer dans l'âme de ses semblables des idées de douleur ou de plaisir, au philosophe d'un siècle éclairé qui accuse l'idiome de ses pères de mal se-

---

de l'immortalité spirituelle. Notre vie extérieure ne consiste pas uniquement dans les sens, il est, chez nous, des *instincts* que j'appellerai *humains* qui, en premier lieu, en ont fait jouer les ressorts. C'est en vain qu'une philosophie perverse voudroit nous rabaisser à la bête, souvent même à la matière, pour ne voir en nous qu'un appareil physique soumis à toutes les lois d'agrégation et d'affinité. C'est encore à ce sentiment inné de notre destition, que nous appellerons de ces paradoxes.

conder les élans de son génie; mais le principe pensant, le principe rationel, les dispositions primordiales, susceptibles de modifications et d'accroissement, appartiennent à
tous les individus; et les sens que Condillac
regardoit comme la cause afférente des idées,
n'ont été, d'abord, que des agents et des ministres qui, dirigés par un sentiment inné,
ont agi et transmis ensuite à l'âme le résultat
de leur action. Il suit nécessairement de ce
que nous avons dit, que l'homme apporte
avec la lumière certains penchants, certaines
idées obscures suffisants pour sa vie organique, et pour parcourir un cercle très-borné
de vie extérieure; mais que ces éléments
primitifs de perfectibilité, ont besoin d'être
étendus et développés par les sens, c'est-à-
dire, par l'éducation et l'expérience, s'il as-
pire à toute la dignité de l'existence morale.

INFLUENCE DE LA DOCTRINE DE CONDILLAC, SUR LA RELIGION, LES MŒURS, LA DIRECTION DES IDÉES.

Cette doctrine idéologique dont Condillac fut le chef, doit être regardée comme une cause prochaine de la décadence des idées religieuses. Humble dans sa naissance, elle a levé, depuis, un front superbe et s'est montrée avec des armes nuisibles au bien-être social. D'abord, elle sembloit ne vouloir s'adresser qu'à la raison, éclairer l'esprit des hommes, sans affoiblir la morale; ses hostilités contre des principes que le christianisme a consacrés, étoient cachées sous les prestiges d'une éloquence persuasive, d'une dialectique spécieuse, d'une diction toujours pure et élégante. Peut-être, j'aime à le croire, des vœux grands et généreux eurent-ils quelque part aux premiers essais du philosophisme; mais,

des disciples parurent ensuite, profonds en
méchanceté, aussi bien qu'habiles dogmatiseurs qui, encouragés par les efforts de leurs
maîtres, pour sortir des routes battues, et
s'élever au-dessus de toutes les croyances ad-
mises, abusèrent de toutes leurs facultés, tor-
turèrent la physique, la chimie, pour y trouver des analogies avec les lois de notre existence, réduisirent la vertu à la conservation
du corps, et enfin, laissèrent à la justice et à
l'opprobre, la perspective du néant. Tels, on
vit les sectaires dégénérés d'un philosophe
vertueux, se traîner dans la fange, en s'ima-
ginant que l'ombre d'Épicure sanctifioit leurs
débauches. Les voilà, ces hommes dont on
vante la pénétration et la philantropie, ces encyclopédistes dont nous aurions dû n'entretenir
succinctement nos lecteurs, qu'actuellement,
pour suivre, à la rigueur, la marche progres-
sive des temps et des opinions (1).

_____

(1) Nous avons déjà dit que quelques-uns des écrivains

15

C'est bien moins dans la substance même des œuvres philosophiques des Bacon, des Locke et des Condillac, qu'on doit rechercher la cause du mal, que dans l'impulsion donnée à l'ambition de la pensée. Si ces œuvres, malgré les erreurs qu'elles consacrent, eussent été les seuls monuments offerts à la curiosité du dix-huitième siècle, il est permis de croire que les envahissements de l'analyse métaphysique n'auroient pas abouti si promptement à l'athéisme ou à l'indifférence en matière de religion. Les observations apophtegmatiques et tranchantes de l'abbé de Mably, les assertions scandaleuses de Diderot, le livre de l'*Esprit*, n'eussent, peut-être, été ni lus, ni compris, sans cette fermentation bouillante, cette fièvre de nouveautés, cette rébellion emportée contre toutes les idées reçues, éléments funestes qui

---

qui ont pris part à l'*Encyclopédie*, s'étoient associés à ce grand travail, avec des intentions droites et pures.

s'étoient répandus en France, depuis les malheurs de Louis XIV et les débauches de son successeur. Les hommes ne passent pas, tout-à-coup, de la douleur à la férocité, de même qu'ils ne quittent pas subitement le joug des principes séculaires, pour passer au scepticisme et à l'incrédulité. Mais, l'exemple d'un novateur exerce toujours une pernicieuse influence. Le libertinage d'esprit devient complice de la licence du langage. Quand on veut pénétrer au-delà de tout, déchirer tous les voiles, secouer toutes les dépendances, on rencontre bientôt cette variabilité d'opinions, ce scepticisme vague et incertain, véritable angoisse intellectuelle si bien caractérisée par Bossuet (1).

---

(1) Ce que dit Bossuet (*Oraison funèbre de la reine d'Angleterre*), s'applique à la religion anglicane, à la fermentation des esprits devenus inquiets et libertins, et aux changements introduits dans la croyance religieuse,

15.

Nous ne prétendons point absoudre plutôt
l'ambition des psycologues, que celle des idéo-
logues ; peut - être, nous soupçonneroit - on
d'être accessible à la passion et à l'esprit de
secte. Mais nous dirons avec force que ce désir de pénétrer dans les choses sublimes avoit
un caractère noble dans les études d'un Pascal, d'un Descartes, d'un Mallebranche et d'un
Leibnitz. Ceux - ci s'élevoient au ciel, pour
consacrer la morale humaine, ceux-là fouil-
loient dans la nuit et interrogeoient les ténèbres. Cet aveu si sage et si prudent du grand
Newton (1), par lequel il établissoit que *l'âme*
est une substance incompréhensible, dépose

---

sous Cromwel. Qu'eût donc dit l'immortel prélat, s'il
avoit vu, en France, des dogmatiseurs prétendre non
pas à préconiser un culte plus simple, une religion mo-
difiée ; mais bien, à détruire toute croyance, à renverser
toutes les garanties de la stabilité sociale ?

(1) « Mais, Newton qui régloit la comète égarée,
     A-t-il mieux lu que nous dans notre âme ignorée ?

assez de la vanité de toutes les recherches métaphysiques. Car, après tout, à quoi se réduit la vraie philosophie, sinon à la science de la vertu et des effets sensibles de la nature? On a cru pouvoir parvenir, autrefois, à rendre les hommes meilleurs et plus instruits, en remontant aux causes finales : tel fut le but de l'ancienne philosophie qui n'avoit point de fanal pour la diriger au milieu de l'obscurité; mais nous, éclairés que nous sommes des lumières du christianisme, nous connoissons suffisamment la nature de l'âme, puisque nous savons qu'elle dérive de Dieu lui-même, et pour cette autre partie de la philosophie d'application qui est la morale, nous en trouvons dans l'Écriture-Sainte, dans les Pères de l'E-

---

Lui qui de chaque étoile annonçoit le retour,
Qui leur disoit : montez, descendez tour-à-tour,
Connut-il le principe et la fin de son être?
Hélas! l'homme apprend tout, et ne peut se connoitre. »
(*Essai sur l'homme*, trad. de M. de FONTANES.)

glise, dans les orateurs chrétiens, des principes plus purs et mieux développés que dans
tous les livres des moralistes. « Scriptura di-
vina intrà vos revocat........., ab istâ superficie
quæ jactatur antè homines, revocat nos intrà.
Redi ad conscientiam tuam, ipsam interroga.
Noli attendere quod floret foris, sed quæ radix
est interna (1).» Quels préceptes, que ceux d'un
saint-Paul qui nous dit : « que toute amertume,
tout ressentiment, toute colère, toutes plaintes
tumultueuses, toutes qualifications odieuses,
aussi bien que tous desseins de nuire soient
bannis d'entre vous ; mais soyez bons les uns
envers les autres, pleins de compassion, de
tendresse, vous pardonnant réciproquement,
comme Dieu lui-même a pardonné en Jésus-
Christ (2) ». Voilà la morale tout entière,

_____

(1) St.-August. *Præf. in Ps.*, cap. 12.

(2) Voyez St.-Paul. « Omnis amaritudo et ira, et in-
dignatio, et clamor et blasphemia, etc. » (Ephes. 4.)

voilà une philosophie qui ne peut égarer ses disciples ; qu'elles deviennent donc enfin celles de tous les hommes, et les peuples béniront des principes qui assurent leur félicité. Quant aux sciences qui connoissent de la nature vivante ou inerte, sciences qu'on a presque toujours confondues avec la philosophie, quoiqu'elles n'aient rien de commun avec la sagesse proprement dite; renfermées dans de justes bornes, protégées par des sentiments élevés, elles peuvent servir utilement la raison humaine : Newton, Bonnet, Buffon, Lavoisier, passent à la postérité avec le nom de philosophes. Mais, jetons un dernier coup-d'œil sur le système de Condillac, et sur ses effets en France.

Quelles idées de justice et de puissance faudroit-il concevoir d'un dieu qui seroit comme enchaîné par sa propre main, et qui, en créant l'homme, ne l'auroit placé sur la terre, que comme un tableau décoloré qui doit recevoir

la lumière et la vie de tous les objets extérieurs ? Quels seroient les attributs d'une pareille divinité ? Ne seroit-il pas permis de
croire que nous ne devons le jour qu'à un
hasard heureux (1), à un concours fortuit de
circonstances, d'harmonies qui, en nous met-
tant en rapport avec la nature, lui a aban-
donné entièrement le soin de notre éducation?
Quoi ! l'homme n'apporte-t-il pas avec la vie
quelques couleurs primitives qui révèlent son
origine? n'est-il pas sur la terre *un rayon af-*

---

(1) « Ne parlons pas de hasard, dit Bossuet, ou plutôt,
parlons-en comme d'un nom dont nous couvrons notre
ignorance. Ce qui est hasard à l'égard de nos conseils incertains, est un dessein concerté dans le conseil plus haut,
c'est-à-dire dans ce conseil éternel qui renferme toutes
les causes et tous les effets dans un même ordre. De
cette sorte, tout concourt à la même fin, et c'est faute
d'entendre le tout, que nous trouvons du hasard ou de
l'irrégularité dans les rencontres particulières. »

(Bossuet, *Discours sur l'Hist. universelle.*)

foibli de la majesté de Dieu (1), sa perfectibilité est-elle toute commise à la matière ?
D'après Condillac, la science de la formation
des idées ne deviendroit que celle de l'excitabilité d'une certaine matière invisible qu'il
suppose inconnue et qu'il confesse ne pouvoir
connoître par l'analyse. Ah ! philosophes enfants, quand vous demeurerez convaincus de
la vanité de toutes vos recherches, de l'inuti-
lité de toutes vos tentatives, c'est alors, que
vous approcherez de cette raison qui est, sans-
cesse, dans votre bouche et à laquelle votre
cœur demeure toujours étranger. Si du moins,
au lieu de ces formes apophtegmatiques qui
accompagnent vos assertions, la modestie du
langage, l'aveu naïf de votre foiblesse, com-

---

(1) Nous sommes forcé de défigurer, ici, le beau vers
et la belle pensée de M. Alphonse de LAMARTINE, pour
les accommoder à notre misérable prose.

(Voyez *Médit. à lord Byron.*)

mandoient parfois la défiance et éveilloient le doute, peut-être, cet hommage rendu à la candeur, expieroit-il quelque paradoxe et rabaisseroit-il l'orgueil de vos déclamations.

Quand on a rendu l'âme esclave de la matière, il n'est pas difficile de l'assujettir aussi aux besoins du corps. Ce fut à ce gymnase de morale physique, ouvert par Saint-Lambert, dans sa vieillesse chagrine et grondeuse, que se forma un voyageur qui appartient à deux siècles. Épris d'un beau zèle pour la science, il s'isola long-temps du monde, pour apprendre les langues orientales, et si, après avoir visité l'Égypte et la Syrie, il se fût borné à décrire des institutions et des climats, à méditer en présence des tombeaux et des débris de Palmyre, son nom ne seroit point, aujourd'hui, l'idole du matérialisme. Volney alla beaucoup plus loin qu'Helvétius, il a composé, à l'usage du citoyen françois, un catéchisme dont on oublia, trop souvent, les préceptes

sanitaires, au milieu des orgies de la révolution. *Sa loi naturelle* ordonne-t-elle le pardon
des injures, c'est en tant que ce pardon s'ac-
corde avec la conservation de nous-même?
prêche-t-elle la tempérance, c'est parce que
les abus de la table préparent à l'homme dé-
réglé des douleurs et des infirmités? Cependant, parmi les philosophes du dix-huitième
siècle, il en est un qui, par ses efforts même,
sembla accuser l'influence destructive du système exclusif des idées extérieures. Charles
Bonnet avoit reçu le jour dans cette république voisine de la France, qui nous donna
quelquefois ses lumières, reçut toujours les
nôtres avec enthousiasme, prit part à toutes
nos découvertes, s'illustra de toutes nos illustrations, nous rendit souvent grands-hommes
pour grands-hommes, et semble encore placée
entre la Saône et les Alpes, comme pour recueillir, d'une part, l'industrie grossière des
montagnes, de l'autre les tributs séduisants

de la civilisation et de l'intelligence. Doué d'une belle âme, de mœurs essentiellement douces et honnêtes, ami sincère de la vérité, le médecin de Genève sentit tout le vide de ces doctrines froides qui ne laissent rien dans l'âme qu'elles n'aient desséché. Il convint que les sensations avoient été, d'abord, éveillées par un sentiment inné ; il s'appliqua avec un zèle honorable à en rattacher toute la théorie aux croyances religieuses et à la nature morale.

Parlerons-nous des travaux idéologiques de Cabanis, Destutt-Tracy ? Le premier, homme d'un génie vaste et profond, a porté dans l'histoire des sensations, le flambeau de l'anatomie et de la physiologie. La partie physique *des rapports du physique et du moral* est traitée avec une supériorité telle que la philosophie médicale n'en offroit point d'exemple. Moins heureux dans ses abstractions métaphysiques, le député de Brives a trop sacrifié aux opinions contemporaines ; son respect pour certains

systèmes, y est explicitement professé, et, elles
ont, je crois, quelque chose des temps orageux au milieu desquels elles furent conçues.
Par opposition aux impressions externes de
Condillac, il admet des impressions internes ;
mais il les fait toujours dépendre de notre
organisation ; tout ce qu'il a réuni sous ce titre,
se rapporte aux effets que le tempérament général exerce sur le moral.

Le second a substitué le sentiment à la
sensation. Son livre n'a guère éclairé la
science idéologique ; mais il a presque totalement changé la doctrine de Condillac. Moins
sceptique que Dugald Stewart (1) qui s'efforce
de ne voir dans la *causalité*, qu'une illusion
dérivant de la nature elle-même ; M. Destutt-
Tracy a donné, de ce problème, une solution
qui plait à l'esprit, sans satisfaire la raison.

_____

(1) Philosophie de l'esprit humain.

Plus récemment encore, on a distingué les idées communiquées par les sens, des sentiments ou dispositions innées, et cette opinion qui est celle de MM. Laromiguière (1), et de Gérando, paroît la plus probable (2). La religion et la science viennent de se prononcer simultanément en faveur de l'ouvrage physico-psycologique d'un médecin distingué. M. le docteur F. Bérard est nourri des saines doctrines, ilappartient à cette école qui veut tout reconstruire (3).

---

(1) Voyez M. Laromiguière, *Leçons de philosophie*, ou *Essai sur les facultés de l'âme.*—M. le baron de Gérando, *Hist. comparée des syst. philosoph.*— M. F. Bérard, *Doctrine des rapports du phys. et du moral*, *pour servir de fondement à la physiologie dite intellectuelle, et à la métaphysique.*

(2) Un Italien, M. Sinibaldi, a renchéri, dernièrement encore, sur les idées de Locke et de Condillac. (*Voyez Anthropologie* ou *Science de l'homme*, trad. de M. A. Bompard.)

(3) Voyez M. F. Bérard, ouv. cité.

Dans cet aperçu général et rapide sur les différents âges de la philosophie, nous n'avons approfondi aucun des systèmes qui ont, tour-à-tour, balancé les sectes, relativement à l'âme premier élément de toutes les idées grandes et généreuses, de toutes les conceptions vastes et utiles dont l'ensemble compose l'empire du génie. La plupart de ces systèmes sont vagues ou paradoxaux, et pour en offrir l'analyse, il eût fallu, aussi, s'engager dans de longues et interminables discussions dont les résultats n'auroient pu être que spéculatifs. Car, il est des cîmes dont l'œil ne sauroit mesurer ni la hauteur, ni l'étendue, comme il est des causes premières qui trahiront éternellement la foiblesse de tous les raisonnements et la fragilité de toutes les combinaisons. « Il n'existe, dit le fils de Périctione (1), qu'une seule cause sou-

_____

(1) PLATON. (Discours préliminaire de M. de FONTANES, en tête de la traduction de l'*Essai sur l'homme.*)

verainement bonne, souverainement intelligente. Elle a créé le monde le plus parfait pos-
sible, pour des êtres imparfaits. L'homme
occupe dans l'univers la place qui lui convient.
Loin de murmurer quand il souffre, il doit
penser pour sa propre félicité, pour la gloire
de son créateur, que tout est ce qu'il doit et
peut être. Il faut donc se soumettre et attendre, en paix, que la mort découvre et justifie
tout le plan des lois éternelles. »

CHAPITRE XI.

De l'influence de la liberté monarchique, sur le développement de l'intelligence.

> « Sous le despotisme, il n'y a pas de place
> pour l'éloquence, non plus que pour la
> gloire. »
>
> (VILLEMAIN, *Mélang. littér.*)

TELLE, la force physique d'un enfant, res-
serrée dans ses efforts, et contrainte dans sa
croissance, ne formera jamais qu'un corps
frêle et valétudinaire, tel aussi, le principe

16

pensant refoulé par le despotisme, dans l'inac-
tion et la langueur, finira par perdre toute son
énergie, toute son excitabilité. Soit que l'esclavage flétrisse le génie, comme il flétrit le corps,
soit qu'un organe devenu paresseux, dépouille
peu-à-peu les causes de sa perfectibilité; les
peuples qui ont plié, constamment, sous un
joug de fer, n'ont jamais connu les élans d'une
belle imagination, ils n'ont jamais souri aux
tableaux de la prospérité publique, leur cœur
ne s'est jamais ouvert qu'à la volupté grossière
des sens. Ils n'ont pas même su mesurer la
puissance qui les écrasoit! Éloquence des tri-
bunes, accents triomphateurs du patriotisme
et de la philantropie, ...
. . . .
. . . .
. . . .
. . . . ils n'ont rien entendu !
Fables ingénieuses, allégories douces et séduisantes . . . .

. . . .

. . . .

. . . . . ils n'ont rien senti ! Pompe des arts,
magnificence des palais érigés à la gloire ou au
génie, colonnes d'airain, coupoles majestueuses qui portent jusqu'au ciel, les leçons du
passé, ...

. . . .

. . . .

. . . .

. . . . ils n'ont rien vu !

Quelles traces a laissées après lui le despotisme d'Orient, sinon, celles de la dégradation
humaine? Un souverain ignorant dominé par
des courtisanes et des eunuques, des ministres avilis, un peuple rampant et féroce, voilà
les Musulmans, tels que les a faits l'opprobre
de la servitude!

Et toi, vieille patrie des arts, qu'as-tu fait
de tes gloires ? . . . .

. . . .

16.

. . . .

. . . . Fils des colons de
la sagesse et de la vertu, cette presqu'île, qui
a rempli le monde de sa civilisation, ce Péloponèse où tout étoit classique, même dans
l'horizon, excepté ces montagnes *d'outre-mer*
qu'on apercevoit des sommets de l'Hymette,
comme le boulevard de cette barbarie farouche qui résiste à toutes les tentatives de la pensée ; enfants de Périclès, répondez : cette Grèce
où vous êtes tous nés du sang d'un grand
homme, comment est-elle devenue pour vous
une terre d'exil ? . . . . Socrate avoit prédit la
dégradation morale des Hellènes ; mais cette
dégradation, il la lisoit dans l'abus futur des
arts du génie ; il n'avoit pas pensé qu'un soldat
fanatique devoit traverser Athènes ! . . . . . Oui, le
précepteur de Platon, dans ses tristes préoccupations sur l'avenir de sa patrie, se reposoit
encore sur le courage des montagnards de
l'Épire, du soin de renouveler l'Attique, il

croyoit, sans doute, à cet heureux auxiliaire de la puissance physique, pour défendre le Parthénon, en désespoir de cause, il se fût confié à la gratitude du monde, si des irruptions barbares devoient inonder le Péloponèse ; Socrate ne savoit pas que le Pirée vomiroit l'esclavage sur ces rives où s'étoit promené Pythagore! . . . .

On doit encore espérer des nations qui, dans la servitude, conjurent de leurs vœux l'affranchissement de la pensée; il n'y a plus rien à attendre de celles qui dans leur avilissement politique, ont perdu jusqu'au sentiment de l'oppression. Les peuples reviennent quelquefois aussi de cette léthargie profonde qui succède aux beaux jours de l'intelligence. Rome s'étoit réveillée sous le pontificat de Léon X. Mais, les nations que frappe un esclavage passif, meurent pour toujours; les races s'y flétrissent, un caractère de réprobation devient la physionomie de tous les visages ; et dégradées dans les masses, comme dans les individus, elles disparoissent lentement de la place qu'elles s'étoient assignée parmi les réunions humaines. Espérons que la Grèce va recommencer un cercle nouveau de civilisation. Elle touche, peut-être, une seconde fois, à ses temps héroïques. Quand retrouvera-t-elle le sang d'un Thucydide?....

. . . .

. . . .

. . . .

Il lui faut, au moins, deux siècles pour se purifier.

Oui, la liberté est l'élément naturel de toutes les vertus, du courage et des lettres. « La liberté, dit un des plus éloquents académiciens de nos jours, n'est-elle pas le plus grand des biens, et le premier besoin de l'homme? Elle enflamme le génie, elle élève le cœur, elle est nécessaire à l'ami des Muses, comme l'air qu'il respire. Les arts peuvent, jusqu'à un certain point, vivre dans la dépendance, parce qu'ils se servent d'une langue à part, qui n'est pas entendue de la foule; mais les lettres qui parlent une langue universelle, languissent et meurent dans les fers. Comment produira-t-on des pages dignes de l'avenir, s'il faut s'interdire, en écrivant, tout sentiment magnanime, toute pensée forte et grande! La liberté est si naturellement l'âme des lettres et des sciences, qu'elle se réfugie dans leur sein, lorsqu'elle est bannie du milieu des peuples (1) ».

Mais, que le philosophisme moderne n'interprète pas notre pensée dans le sens de sa doctrine et de ses vœux. Ce n'est point de cette liberté aveugle qui consacre toutes les dépravations, qui détruit toutes les garanties de l'ordre et toutes les bases du corps social,

---

(1) M. le vicomte A. de CHATEAUBRIAND (*Discours de réception à l'Académie françoise.*)

que nous avons épousé la cause. Il est une
liberté plus digne de fixer nos regards, comme
elle a fixé, aussi, ceux du chantre d'Atala,
et comme elle se présente à tous les esprits
droits et vertueux. Cette déesse protectrice
embellit tout ce qu'elle inspire ; son culte n'a
rien de tumultueux, il se confond toujours
avec celui de la légitimité, dans l'ordre de nos
monarchies constitutionnelles ; et c'est de son
temple auguste, qu'émanent toutes les conceptions sublimes, tous les exemples de générosité, tous les gages de bonheur et de félicité.

Oui, c'est sous ses auspices sacrés, c'est à
l'ombre du trône de saint-Louis, que la France
pourra toujours, dans le calme de la sérénité,
goûter les jouissances pures de l'intelligence.
Honneur aux gouvernements éclairés, où la
liberté est une constitution de l'état, qui,
dans leur bienveillance, accordent des privi-
lèges et des faveurs aux sciences, aux lettres
et à toutes les professions morales et nobles

qui reposent sur elles, leurs encouragements
aux arts, autre domaine de la pensée, leur
protection au commerce et à toutes ces indus-
tries utiles qui sont le partage d'une classe
laborieuse; de pareils gouvernements seront
toujours immortels dans les fastes de la gloire,
et les peuples heureux sous leur égide!.....

CHAPITRE XII.

Le génie ne meurt jamais tout entier sur la terre.

> « L'ignorance des siècles grossiers, n'est autre
> chose que celle des règles du goût, de l'é-
> légance du style et des formes usitées chez
> les peuples polis. »
>
> (L......., *Abrégé de l'Hist. de France.*)

On pourroit assurer que jamais les connoissances humaines n'ont été entièrement ensevelies sur la terre. Nous ne sommes point
de ceux qui croient à la barbarie universelle.

Semblable à l'incendie qui, après avoir dévoré
un vaste édifice, conserve encore long-temps,
sous les cendres brûlantes, ses feux amortis,
pour reparoître dans un portique voisin, le
flambeau de la raison n'a jamais été totalement
éteint sur ce globe fait pour être traversé de
siècles en siècles, par des hommes qui pensent. Il vivoit, ce flambeau de l'intelligence
chez les Hébreux de l'ancienne loi, lorsque
ce peuple choisi traînoit, en Égypte, les douleurs de la captivité. Cet esclavage passager
qui n'avoit pu affoiblir son courage, lui avoit
épargné aussi sa flétrissure. La Grèce des Ba-
sile, des Grégoire-de-Nazianze, des Chrysos-
tôme (1), perpétua la Grèce des Platon et
des Xénophon. Les Romains, après la destruction de leur empire, avoient perdu cette
pureté de goût qui distinguoit leurs ancêtres,

---

(1) Voyez les *Chefs-d'œuvre des orateurs de l'église
grecque*, traduction de M. PLANCHE.

cette fleur d'imagination que les Virgile, les
Cicéron, les Varius avoient emportée dans la
tombe ; mais ils conservoient encore de l'a-
mour pour la littérature , ils cultivoient
les arts avec une ardeur digne de leur ancienne gloire. L'ère de François Ier amena
celle de Richelieu qui vit s'asseoir, sur elle,
le colosse du grand siècle. Ces âges intermé-
diaires qui méritent d'occuper aussi une grande
place dans l'histoire , sont comme les senti-
nelles avancées de la civilisation. Souvent,
un observateur judicieux et pénétrant aperçoit, dans ces transitions des siècles, des symptômes de développement moral qui échappent
aux yeux d'un vulgaire insensé. Car, enfin, le
génie est de tous les temps. « Sans doute, on
ne savoit pas, au dixième siècle, écrire élé-
gamment ; mais on savoit, comme aujour-
d'hui, raisonner avec justesse, traiter les affaires les plus épineuses, suivre le fil des négo-
ciations les plus délicates, délibérer et prendre

le bon parti dans les occasions critiques (1) ».
Montaigne, avec la manière et les formes contemporaines, est l'un des peintres les plus ingénieux, l'un des philosophes les plus profonds
qui aient honoré la France.

Le génie fermentoit souvent sous la cui-
rasse des premiers Francs ; mais, au lieu de
s'exhaler dans un poëme exactement distribué,
dans une harangue divisée et ourdie avec art,
il enfantoit un acte d'héroïsme ou une réponse
vive et pénétrante, ou une exhortation sans
ordre, mais pleine d'enthousiasme et d'âme.
Si ce fameux Roland qui finit ses exploits
dans la vallée de Roncevaux, eût assisté au
passage du Rhin, ou à la conquête de la
Franche-Comté, il auroit, peut-être, uni la
science militaire de Turenne, à cette valeur
fougueuse qui embrassa tant de triomphes. Si
cet Olivier de Clisson, ce Bertrand Duguesclin

_____

(1) L....... ouvrage cité.

qui laissent dans nos annales, un nom si célèbre, eussent été formés sous les yeux d'un
Catinat et d'un Villeroi; peut-être, auroient-ils
mérité de figurer à côté de Jules-César, pour
la profondeur de sa tactique et l'étendue de ses
connoissances, en l'égalant, d'ailleurs, et par
la force de sa volonté et par l'impatience de
son courage. Enfin, ces Provençaux joyeux
qui se répandoient, au douzième siècle, dans
nos grandes villes, pour y assister aux festins
et aux réjouissances, pénétroient jusque dans
les palais des rois, se mêloient presque à leur
table et chantoient, en vers burlesques souvent
ingénieux, la gloire d'augustes convives, recé-
loient, peut-être dans leur cerveau tous les
éléments qui firent un Racine et un Corneille.
Il ne faut pas considérer les hommes de génie
comme des êtres isolés dans la nature pensante :
mieux vaudroit croire encore que la vraie civilisation, c'est-à-dire la civilisation du siècle
de Louis - le - Grand, avec tous ces tempéra-

ments heureux qui disparoissent toujours trop
tôt, est un accident de la nature politique.
Nous voici naturellement amenés à dire quelque chose de l'influence du pouvoir politique
sur le développement des lettres; car souvent,
il a dépendu d'un souverain ou des amis du
souverain, de rendre leur patrie florissante par
elles, comme il a dépendu d'un homme puissant d'encourager des talents inconnus et de
les appeler au grand jour, pour l'instruction
des peuples.

Si l'amour des lettres, si cette ambition noble et pure qu'elles inspirent à leurs favoris
a, quelquefois, présidé aux travaux de l'esprit, comme l'humanité et la philanthropie,
aux méditations philosophiques, il faut convenir que l'intérêt et l'amour-propre ont fait
beaucoup aussi pour la gloire des écrivains.
La Rochefoucault, en prouvant que l'amour-
propre est le principe souverain des actions
humaines, n'a dit qu'une vérité froide et vide;

mais cette vérité est de tous les temps. Sans induire d'un pareil axiome, des conséquences générales, nous en ferons, en partie, l'application à la littérature. La plupart des grands-hommes exposés à voir leurs ouvrages méprisés par leurs contemporains, ou brûlés par le fanatisme, ne se seroient, sans doute, pas reposés sur l'avenir, du soin de proclamer leur immortalité, si quelques voix d'admiration ne s'étoient élevées au milieu des concerts du mauvais goût et de la jalousie. Qui ne sait que Galilée fut obligé d'expier d'un pardon humiliant, la découverte du mouvement de la terre? Cervantes écrivit, dans les fers, son roman inimitable. Le Tasse tombé en démence, passe de longs jours dans une prison, et croit mourir tout entier. Camoëns exilé de sa patrie, échappe au naufrage en emportant au milieu des flots, le manuscrit de la Lusiade. Virgile seul fut jugé favorablement par ses contemporains; seul, il put, de son vivant, compter ses lauriers et lire

17

dans les âges futurs, son nom inscrit au temple de mémoire. Ce que n'auroient jamais fait les dispositions naturelles aux hommes, lorsqu'une conception nouvelle appelle leur attention, l'amitié d'un Pollion, d'un Mécènes, d'un Gallus, l'accomplit.

Colbert fit agréer à Louis XIV la proposition de l'établissement d'une Académie des Sciences. Il attira de l'Italie, Dominique Cassini par d'éclatantes récompenses. Cet illustre ministre se montroit aussi habile à recruter le génie, que d'autres dépositaires du pouvoir se sont honorés de l'avilir ou de le dédaigner. La Fontaine découragé par les froideurs de la cour n'eût, peut-être, jamais mis au jour son admirable apologue du *Chéne et du roseau*, s'il n'avoit pas rencontré un duc de Bourgogne. Colbert, lui-même, qui a tant fait pour sa patrie, en étoit médiocrement récompensé. « Nous sentons, aujourd'hui, dit Voltaire, ce qu'il fit pour la gloire du royaume;

mais, alors, on ne le sentoit pas (1). » Voilà donc encore Colbert placé au rang de ceux qui ont vécu sans goûter leurs triomphes ! Combien de lauriers il a cependant protégés, combien de belles renommées il a fait éclore !
« Que les noms de ces philanthropes qui ont deviné et développé les heureuses dispositions des hommes de talent, restent placés à côté de ceux-ci, et qu'ils partagent une gloire dont ils sont les premiers auteurs. La postérité reconnoissante doit se faire un devoir de payer, par ses éloges, le genre de bienfaits le plus profitable à l'humanité, celui qui lui donne, souvent, un grand-homme de plus (2). »

---

(1) *Siècle de Louis XIV.*

(2) *Éloge hist. de Léon Rouzet,* par le docteur F. BéRARD.

CHAPITRE XIII.

Parallèle du développement moral des nations avec celui des individus.

« Les peuples sont ce qu'est chaque homme
en particulier. »
(VOLTAIRE, *Siècle de Louis XIV.*)

ON pourroit comparer la marche et les progrès de l'entendement chez un peuple considéré depuis son enfance, jusqu'au terme fatal de sa décrépitude, au développement d'un individu né avec une conformation heureuse, et appelé à jouer dans la république des sciences ou des lettres, un rôle important. Les premiers élans du génie s'annoncent dans un âge encore tendre. Bientôt, l'enthousiasme du beau et cette émulation précieuse qu'inspirent des lectures aprofondies et des occupations sérieuses produisent les résultats souvent trop précoces d'une imagination qui n'a rien de réglé dans son essor. Peu-à-peu, de l'habitude du travail, naît une certaine sévérité de goût, mûrie par l'âge, épurée par la réflexion : c'est alors, que les études prennent un caractère grave et imposant. L'esprit long-temps nourri des traditions du passé a acquis toute son énergie et toute sa vigueur; il peut, ou se livrer à des recherches utiles au bonheur de la société, ou lui plaire par des tableaux gracieux et des récits pleins d'intérêt, ou lui dicter les leçons d'une morale embellie de tous les charmes de l'élocution, ou enfin l'initier à la connoissance de cette philosophie qui consacre toutes les vertus. Mais, hélas! à peine a-t-il parcouru le cercle plus ou moins borné par la nature des organes propres à chaque individu, que les beaux jours de son imagination se flétrissent avec les fleurs de sa vie. Il peut encore long-temps avoir la conscience de sa supériorité, sentir les grands modèles; mais ses idées ne s'enchaînent plus avec le même ordre, le terme des productions est arrivé, il retombe, sans s'en apercevoir, dans les puérilités de l'enfance, et le philosophe qui s'est immortalisé par des ouvrages sublimes, s'incline lentement vers la tombe, comme un arbre épuisé, qui, après avoir été pendant de longues années, chargé des fruits les plus exquis, ressemble, dans sa dernière feuille, au plus ingrat végétal. C'est à trente ans que Le Tasse donna sa Jérusalem délivrée: on reconnoît à peine dans Corneille vieilli, l'auteur de *Cinna* et *Polieucte*.

C'est donc dans l'âge mûr, que l'homme est capable des plus vastes entreprises et des plus fortes pensées; comme aussi, c'est à une époque où les idées sont encore neuves sans être enveloppées des exaltations de leur premier essor, où les mœurs ne sont pas encore altérées par la licence et égarées par les sophismes des novateurs, que les nations sont susceptibles d'offrir les plus imposants tableaux d'illustration et de prosperité. C'est à cette époque toujours trop fugitive par la pente naturelle qu'ont tous les hommes et toutes les générations à se jeter sans cesse dans les rêves d'un avenir séduisant, à abuser de toutes leurs facultés, pour courir à des biens imaginaires qui leur font regretter vivement leur premier état; c'est à cette époque, dis-je, où les lois jouissent de tout leur empire, les croyances religieuses de tout leur ascendant, les préceptes du goût de toute leur autorité, que je placerai le terme de tous les désirs raisonnables. C'est-là où j'aimerois voir toutes les nations s'arrêter long-temps, et rompre enfin cette loi immuable *que rien n'est stable dans la nature.*

Quoique nous ayons montré l'âge mûr des individus, comme seul fécond en grandes méditations, et en grandes pensées, il faut avouer cependant, qu'il est des hommes chez lesquels les puissances externes sont presque entièrement éteintes, que leur imagination a conservé encore toute sa fraîcheur. Déjà la voix de l'immortel Bossuet étoit sensiblement affoiblie par l'âge qu'elle servoit encore d'interprète aux pensées les plus sublimes, et l'illustre octogénaire qui, au milieu des pompes funèbres d'un condé, sut ranimer les restes mortels du vainqueur de Norlingues et de Lens, et le placer avec toute sa gloire, en présence d'un auditoire immobile d'admiration et d'étonnement, comme pour le faire juge de ses triomphes, sut jeter sur son dernier tribut littéraire un heureux mélange de cette éloquence *intérieure* fruit de la méditation, et de cette éloquence vive et sémillante qui distingue la jeunesse. Voltaire, après un long abus de ses facultés, enfantoit encore des chefs-d'œuvre, et léguoit avec la même force, l'héritage du savoir à la nombreuse famille dont il fut le chef, et qui, au lieu d'imiter ses talents, s'empressa de copier ses vices.

CHAPITRE XIV.

Inviolabilité de la civilisation contemporaine.

« Tous les malheurs sont possibles, aujour-
d'hui, excepté la barbarie.» (VILLEMAIN.)

DANS les temps anciens, la civilisation et la
littérature étoient comme deux sœurs con-
damnées à périr bientôt, dans le coin de la
terre qui les avoit vues naître. En vain, fières

de leurs premiers triomphes, vouloient-elles
étendre au loin leurs conquêtes. Elles man-
quoient encore de ces auxiliaires heureux que
les découvertes modernes ont mis entre leurs
mains; et des peuples aveugles osoient cons-
pirer contre les envahissements du génie et
les victoires de l'intelligence.

Quelques volumes fragiles, confiés à des
mers orageuses, ou au succès incertain d'une
expédition téméraire, étoient les seuls tributs
que les nations policées envoyassent, à regret,
à leurs féroces voisins. Apportés par les armes, ils étoient repoussés par les armes. Des
germes épars de bonne littérature, transplantés
sous un autre ciel, n'y fructifioient jamais, et
l'humanité ne se reposoit pas sur l'humanité
du soin de conserver le dépôt sacré de ses
droits et de son bonheur. On ne savoit pas
encore multiplier les monuments de la sagesse
et du pouvoir moral, les répandre avec pro-
fusion, sur toutes les zones, sur toutes les

parties habitées du globe, et contraindre les
hommes de toutes les latitudes, à les imiter
ou à les vénérer. Si quelques républiques plus
ou moins fortes par leurs soldats ou leurs
remparts, se rencontroient, à de longs inter-
valles, mûres pour la raison et la gloire littéraire, elles parcouroient trop rapidement, un
cercle de besoins, d'intérêts, de passions nouveaux, sans transmettre à d'autres républiques
courbées encore sous le joug de la barbarie,
le secret d'une existence pleine de charmes, et
de dignité. Athènes, Rome, deviennent suc-
cessivement le séjour des beaux-arts : un
peuple puissant et éclairé peut se livrer avec
transport aux jouissances de l'âme, dans
ces murs fortunés que n'a pas encore souillés
l'esclavage, et ces capitales célèbres, sont
comme des îles fleuries au milieu d'un Océan
sans rivages : elles renferment, ces villes
de mémoire, des hommes qui pensent, et tout
ce qui respire au-delà, vit de la vie des bêtes !

Grecs de l'ancien Péloponèse, vous dont le polythéisme aveugle divinisoit tous les bienfaiteurs des hommes, quels autels eussiez-vous érigés aux propagateurs du culte de l'intelligence? La découverte de l'imprimerie est arrivée, il y a quelques siècles, comme *une réponse aux besoins et à l'activité de l'esprit humain tourné plus particulièrement sur un objet* (1). Depuis lors, la civilisation et les lettres sont devenues inaliénables du patrimoine des peuples. La marche du génie res-

---

(1) Voyez VILLEMAIN.

« Plusieurs écrivains avaient remarqué l'heureuse coïncidence de la découverte de l'imprimerie, avec l'émigration des lettres grecques en Occident. L'imprimerie fut inventée à l'époque précise où elle était le plus nécessaire, et sans doute, parce qu'elle l'était. En effet, ces prétendus hasards qui ont fait trouver tant de choses admirables, n'étaient presque toujours qu'une réponse aux besoins et à l'activité de l'esprit humain tourné plus particulièrement sur un objet »   (*Lascaris*, notes.)

semble à celle de la religion chrétienne qui, d'abord nourrie dans les familles, dans les tribus, dans les nations, doit bientôt embrasser la terre. Oui, le temps n'est pas éloigné où l'on ne comprendra plus la barbarie. Philadelphie, Saint-Pétersbourg, Londres, Berlin, Naples, ne représentent pas des foyers isolés de lumières, ce sont des fanaux assez vastes pour éclairer tout l'intervalle qui les sépare sur la surface du globe.

Et toi, France des Charlemagne et des Éginhard, des Saint-Louis et des Joinville, des Richelieu et des Corneille, des Louis XIV et des Bossuet, ta destinée est invariablement fixée. Tu demeureras au sein d'une vaste république scientifique et littéraire, le *Latium* du bon goût et de la politesse. Instruite par les malheurs de temps orageux, tu as fait toi-même, justice de tes emportements : tu as isolé de tes plages hospitalières ces hommes frénétiques qui avoient séduit tes enfants et corrompu tes citoyens. Tu as marié les pompes du moyen-âge à l'élégance des siècles contemporains, et la franchise des mœurs chevaleresques à l'urbanité des formes nouvelles. Ta littérature flétrie durant la tempête, reprendra tout son éclat, elle puisera ses inspirations dans les souvenirs de la France héroïque et dans les espérances de la France civilisée : elle sera toujours pure, les lettres françoises doivent être pures comme le cœur d'un François! La protection du trône ne lui manquera pas, et de quel trône parlons-nous?

. . . .

La couronne repose sur un fils de Saint-Louis, CHARLES X a toute la piété du ROI TRÈS-CHRÉTIEN. . . . , elle repose sur un fils de François Ier, il a toute la courtoisie du ROI-CHEVALIER . . . ., elle repose sur un fils d'Henri IV, il a toute la loyauté du BÉARNOIS. . . . , elle repose sur un fils de Louis XIV, il a toute la munificence du VENGEUR DE RA-

CINE, comme lui, il aime et protège les lettres :
il a garanti leur inviolabilité...., elle repose
sur un frère de Louis XVI, il a toutes les
vertus de LOUIS-LE-BIEN-AIMÉ.....! Près de
ce trône séculaire, je vois les étendards de
Bovines, ils entourent un héros qui a im-
provisé l'expérience des camps et la gloire
des Césars : ce héros a fait plus que les empe-
reurs de la vieille Rome, il a combattu pour
une cause sacrée. La postérité n'aura pas seulement à compter ses lauriers !...........

Je vois deux princesses, l'une est fille du
ROI-MARTYR, elle est semblable à son père....,
l'autre, nous a rendu le sang d'Henri IV,
c'est un sang qui ne dégénère pas.....! La
charité douce et bienveillante de MADAME est
dans la bouche de tous les orphelins, tous les
amis des arts s'applaudissent de sa passion
pour les arts, ses grâces tempèrent la majesté
d'une monarchie toute pleine du passé, du
présent et de l'avenir!...................

18

La religion et les mœurs publiques, regar-
dées comme les bases les plus fermes des
états, la paix assise, entre les puissances chré-
tiennes, d'une manière durable, parce qu'elle
est le résultat des fatigues de la guerre et d'un
meilleur calcul des intérêts du genre humain,
le grand arbre des connoissances humaines
entretenu par des soins augustes sous le dôme
classique de l'INSTITUT, tous les honneurs de
la terre également ouverts au mérite person-
nel, une sorte de confraternité établie entre
toutes les professions morales, entre les sciences et les lettres, les beaux-arts et l'agriculture, l'indépendance de la pensée érigée en
principe national, la sanction irrévocable de
tous les droits, voilà ce que cette monarchie
nous a donné depuis douze ans qu'elle nous
est rendue ! . . . . , ...

. . . .

FIN.

Table des matières.

Fautes à corriger.

Pages 59, ligne dernière, *lisez* leur *au lieu de* lui.

— 90, ligne 6, *lisez* des poëtes qui ne sont pas tous aussi fa-
vorisés qu'Homère des dons de l'esprit.

— 90, ligne 2 de la 1re note, *lisez* thesaurum.

— 119, ligne 4, *au lieu de* en faisant prévaloir, *lisez* en lui faisant
préférer.

— 123, ligne 18, Sardaigne *lisez* Sicile.

— 168, ligne 7, a transmis *lisez* ont transmis.

— 212, ligne 11, dont la dégradation a *lisez* dont on a.

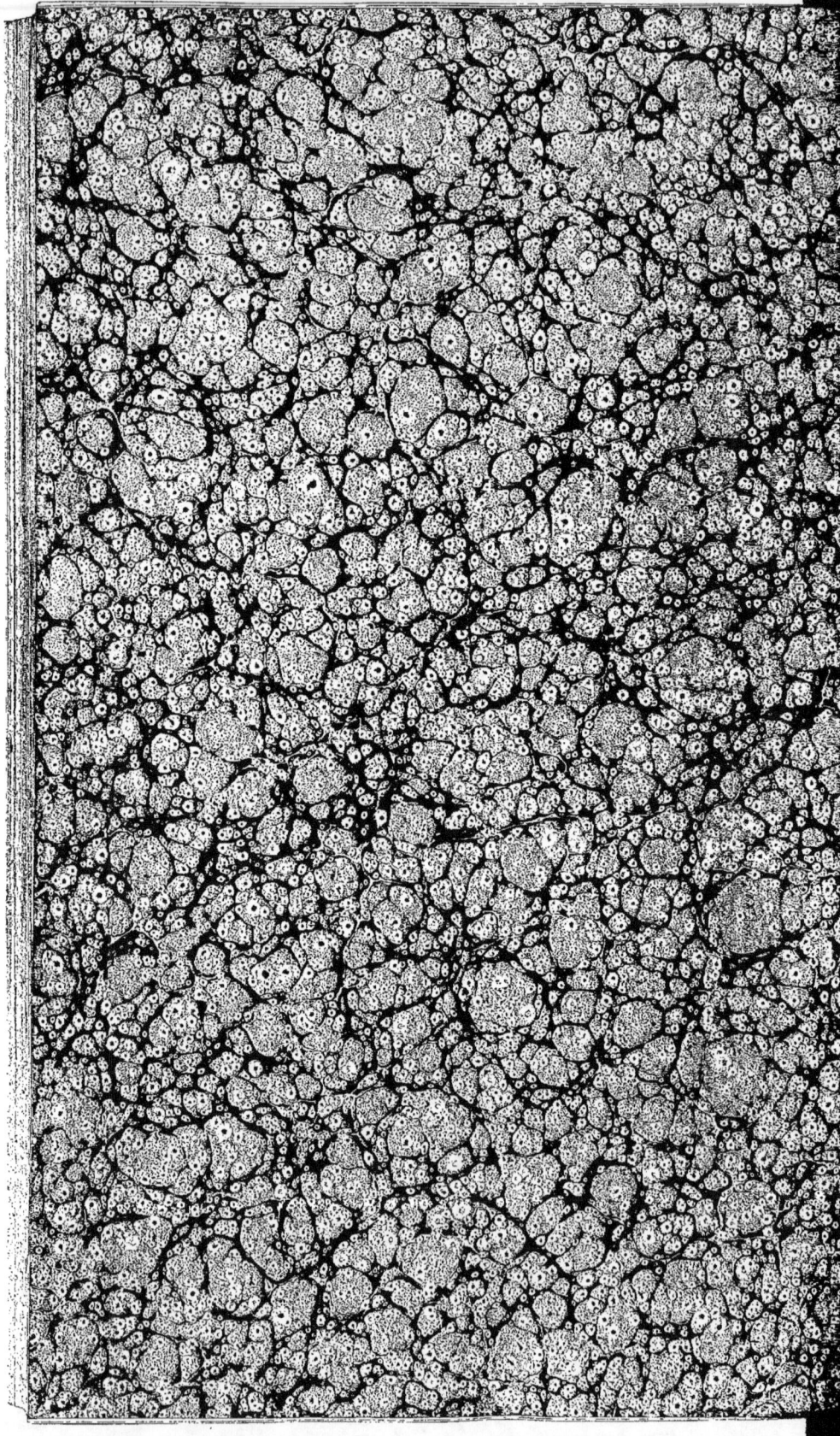

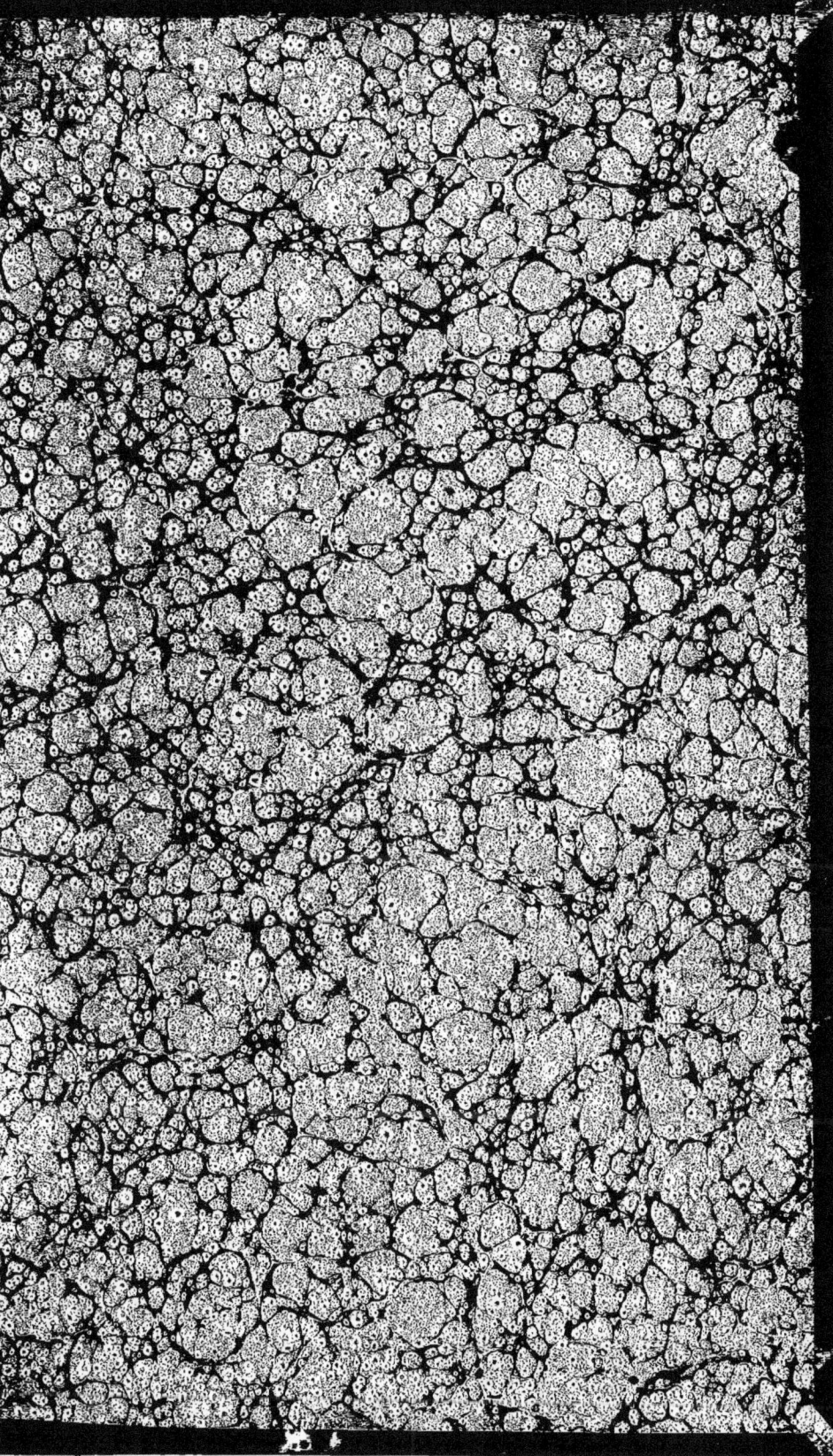